九歌一一〇年

童話選

之

未來會記得

黃秋芳 主編

九歌童話選

110

年度童話獎

王淑芬

君偉的迷宮小學

九歌110年
童話選 得獎感言

王淑芬

「君偉上小學」系列已出版二十多年，是本格派校園故事，又延伸出置入知識的《節日報告》與《誤會報告》。但是萬萬沒想到，從校園騰空一躍，飛出一篇童話，卻為君偉奪下年度童話大獎。原來永遠沒畢業的君偉，是為了等到變臉演出奇幻的這一刻。

條條大路通童話，但我獨愛從哲學出發，搭著妙謬情節抵達。〈君偉的迷宮小學〉嘗試以魔幻寫實，描摹孩子們開學的一些大哉問，也可說是寓意著每次人生重出發的方向選擇。不過，童話當然必須先開卷有趣，再談有益；讀到小評審對這篇故事的想法，似乎有打中讀者代表們的笑點，真歡喜！

110年童話選 目錄

卷一．在想像裡造景

卷二．在童話裡紀年

卷三．在故事裡顯影

主編的話

卷一・在想像裡造景

吃苦當吃補、吃苦才精神——甲嗶！

林哲璋

插畫／吳嘉鴻

作者簡介

高雄人，人長約六尺四，四眼田雞，雞鳴不起常賴床，床前明月光打呼，呼朋引伴作文章，文章萌稚氣，氣質宜童話，話說筆耕十數年，年產作品二、三本，本事不大食量大，大小讀者所知拙作：屁屁超人、用點心學校系列等。

童話觀

為淺語之櫝，薰以物性，綴以修辭，飾以遊戲，輯以滑稽。文其櫝才可載其道，樂其文方能寓其教。珠道因人而異美，櫝文兼容而並蓄。縱鄭人買其櫝而還其珠，實價兼而值倍矣！

文學應贈小朋友捕魚的網、裝魚的簍，不只魚！

在一個神奇的地方有一家神奇的咖啡店，店內的招牌飲料是美味的咖啡，店內的人氣甜點是Q彈的布丁，布丁和咖啡合作，推出了咖啡布丁。

實習的咖啡布丁人一直覺得店內同事「貓屎咖啡」名字不好聽，因為餐桌上不該出現廁所負責處理的東西。

「我只是想要名副其實、實話實說而已！」貓屎咖啡人捍衛自己的「名」聲。

咖啡布丁人表示：「謊言如果是善意的，有時可以說；實話如果是可怕的，有時不必說！」

於是，咖啡布丁人幫「貓屎咖啡」取了一個「藝名」——麝香貓咖啡！

「畢竟你的確是麝香貓『生產』出來的咖啡，如此既未掩蓋具體事實，也沒洩露個人隱私！」咖啡布丁人充分活用從校園學來的「語言的藝術」，引經據典恭賀麝香貓咖啡人：「無屎之屎，無屎矣！」

靠著咖啡布丁人的幫助，貓屎咖啡人的名字去掉了沒禮貌、不文雅、抑制食慾、引人側目的「屎」味。

改名後的「麝香貓咖啡人」因為正視了「屎」的問題，主動和專精生物科技的教授們合作，破解了麝香貓腸胃裡酵素的祕密。他們發現只要利用同樣的酵素讓咖啡豆發酵，就可以產生出香氣、口感、醇度一模一樣的咖啡豆。如此一來，咖啡家族就不必再麻煩麝香貓、果子狸和大象等動物天天吃咖啡果了——畢竟，再好吃的東西一直吃，也會受不了嘛！

咖啡布丁人因此明白了美食的研發、衛生的講究，也能用來關懷動物、愛護地

球。

有一天，不知哪位菜鳥店員突然腦子不清楚，竟然拒絕讓黑人顧客進門……

咖啡布丁人覺得種族歧視不應該、膚色偏見沒道理，這樣下去，難道我只能變成「鮮奶布丁」？咖啡布丁人和咖啡、巧克力家族團結起來，決定還以顏色！他們鼓勵受委屈的黑人顧客表達抗議，咖啡家族自己還充當墨汁，在抗議的牌子上寫下：「咖啡是黑色的！」

經過的路人都覺得黑人顧客抗議有理——咖啡店賣的咖啡就是黑色的，憑什麼歧視皮膚是黑色的客人，憑什麼不讓黑皮膚的顧客進門喝咖啡？

後來，咖啡店因為被大眾抗議，讓步道歉，同意黑皮膚顧客進店消費。

不久，又不知哪位菜鳥店員突然腦筋打結，竟然不讓黃皮膚的亞洲人進門消費。

咖啡布丁人又翻白眼了（彷彿布丁上面擠了兩坨奶油花）：「我來咖啡店實習之前，原本是雞蛋布丁啊！抗議！抗議！」

起司蛋糕哥哥和法式吐司人同樣覺得很扯，他們義憤填膺的站了出來：「看我們的！」

他們一出馬，在抗議的標語上用蜂蜜寫出：「咖啡店裡的起司蛋糕和法式吐司都是黃色的！」

就這樣，在實習的這一段期間，咖啡布丁人和夥伴們陸續用美食的智慧消弭了各式各樣的歧視和偏見，例如對刺青客的歧視，就由藍莓蛋糕出面解決——櫥窗裡的藍莓蛋糕是青色的！

對印第安人（紅人）的歧視——草莓蛋糕的草莓是紅色！

對剛滅完火的消防隊的歧視——店內的橘子蛋糕是橘色！

對被野狗追的郵務士的歧視——輕食拼盤的沙拉是綠色！

被粉絲狂追的大明星的歧視——水果蛋糕的葡萄是紅得發紫的紫色！

「人人吃而平等！」咖啡布丁人和同伴大聲疾呼。

點心們做了好事，心情都十分愉快，表情和顏悅色、喜形於色。咖啡布丁人覺得他的同伴們統統具有美食本色，個個都是狠角色，面對不公不義，堅持原則面不改色；面對歧視霸凌，挺身而出假以辭色；任何有色眼鏡在美食面前，絕對黯然失色。

原來，點心人除了服務視覺、嗅覺和味覺，並且優雅的照顧聽覺外，還能撫慰心靈、爭取平等、贏得尊重——打破歧視的偏見，打腫有色的眼光，打造和平的世界，打響點心的名聲！

今年初，疫情捲土重來。又有不識相的店員不讓穿白袍的醫護人員進門消費……

「這次讓我來！」咖啡家族配合製作拿鐵的鮮奶少女出馬，跑向被拒於門外的醫護顧客身旁，請他們在標語上寫下：「拿鐵的牛奶是白色的！」

「可是……」店員怯生生、頭低低的囁嚅著：「病毒呢？病毒又不是白色！」

「哼！你們不讓白衣天使進來，我們就自己出去服務他們。」鮮奶少女揚言蹺班，咖啡布丁人和同伴一致支持。

「美食之前，人人平等！」

於是，在很多善心人士的協助之下，美式咖啡、濃縮咖啡、咖啡鮮奶、咖啡布丁和很多飲料、甜點都被送往白色天使工作的地方。

「為什麼辛苦忙碌的人們都喜歡喝咖啡呢？」

「愈吃苦，愈有精神！」忙碌的醫護沒空回答，臉上的口罩代他們回應——口罩在他們臉上都快印出哈密瓜的紋路啦！

「有些無知的人一直扯專心工作人們的後腿，真是壞了一鍋粥的老鼠屎！」

「好人還是比壞人多的，你看那些送我們去服務醫護的善心人……」咖啡布丁人安慰大家。

「你說的沒錯，但是，這次疫情告訴我們，遇到問題，就應該吹哨——甲嗶！不能放過那些老鼠屎！嗶他！」咖啡家族認為自己天生負有使命感。

「別擔心！民以食為天，我們美食可代表著天意呢！」咖啡布丁人信心滿滿的說：

「我們連『貓屎』都能感化，難道一顆小小的『老鼠屎』，我們會沒辦法將他教化成可愛、逗趣、滑稽、搞笑的天竺鼠（啊，車車）嗎……甲嗶！」

——原載二〇二一年一月三十一日「黃秋芳創作坊」個人新聞台

編委的話

・周芯丞：

美食之前，人人平等。這跟日常生活中的「甲嗶」，有什麼關係呢?神奇咖啡店裡的美味咖啡和Q彈的布丁合作，推出咖啡布丁人，在講究美食的藝術感混入人人平等的機會教育，在年初可怕的疫情捲土重來時，強調「愈吃苦，愈有精神」，具有時代意義。

・翁琪評：

最喜歡點心人為客人辯護時說的這句：「人人吃而平等！」，只要大家能放下對他人的仇恨與偏見，或許我們的世界會變得更加美好。

• **黃若華：**

點心人透過自身不同的顏色來為各個不同職業、人種發聲，淋漓盡致的發揮強大的正義感。在疫情嚴峻時刻，藉由享受甜品且得到的幸福感，強調權利不該受到人種和職業限制，最後以「吃苦當吃補」來感謝醫護無私的付出和貢獻，為每個人、每個家庭製造多一點溫馨和光亮。

• **黃秋芳：**

「用點心」學校，成立於二〇〇九年，剛好是牛年。這些習慣做什麼事都要用點心的「點心人」，不知道陪了多少大小孩子們，走過各種用點心、不用心卻很想用心、純粹想吃點心，或者是即使沒有點心吃也看得很開心的純真歲月。當部桃群聚感染，病毒惑亂人性時，我們跟隨咖啡布丁人的號召，一邊吃著咖啡布丁，一邊大聲的……甲嗶！這些經歷十二個生肖年的純真、相信和快樂，又活躍在每一個需要愛和守護的角落，創造出安全、幸福的童話國度。

花生省魔術？好事會發生

王家珍

插畫／李月玲

作者簡介

出生於澎湖馬公，當過編輯與老師，最愛的身分是童話作家。和妹妹家珠一個寫、一個畫，合力創作「珍珠童話」。二〇一八年邀請虎大歪和狗小圓粉墨登場，用輕鬆詼諧的相聲對談方式來講節氣、說節日、談生肖。

童 話 觀

我的心裡住了一個小小孩，每天都吵著要聽故事。她很挑剔。她說，故事一定要有趣，情節必須豐富有轉折，還得加上滿滿的愛與關懷。每一天，我寫下的每一個字，都是為了滿足這個小小孩。

傳說風島的除夕夜，午夜十二點，鞭炮聲響起時，風島會隨著鞭炮聲起舞。傳說鞭炮聲一結束，海風呼呼狂嘯，會有一條神祕的長龍，乘著風從北邊的海上飛來，穿過海蝕鯨魚洞，在高大玄武岩石柱上盤旋，非常壯觀。

傳說風島的正月初一清晨，天才剛亮，大家都會湧到田裡尋寶，滿載而歸。

一聽到風島有這麼神奇的傳說，還可以尋寶，虎大歪、狗小圓和小田田決定親身體驗，搭乘貓頭鷹飛船，在除夕夜傍晚飛到風島，住在民宿主人土荳嬤的古老珊瑚礁石屋。

「花生省魔術？」土荳嬤看著他們：「除夕夜不在家裡圍爐，跑來風島住民宿？」他們聳聳肩，傻笑面對。吃過豐盛的除夕晚餐，剛準備吃零食、看電視守歲，土荳嬤就要大家到客廳剝花生。虎大歪、狗小圓和小田田急著擺擺手，像是搖扇子：「我們是來度假，不是來剝花生，謝謝。」

「不想剝花生，就不能見證風島三大傳奇，也不能參加尋寶。好好剝花生，好事才會發生。」土荳嬤一說，三個人才摸摸鼻子，乖乖坐下剝花生。剝了好幾袋花生，時針指向午夜十二點，遠方隱約有鞭炮聲響起，土荳嬤說：「好戲上場，快跟我來！」

他們搶進珊瑚礁石屋最低矮的那個房間，從陶瓷花窗往北邊張望。土荳嬤說：「風島的除夕夜鞭炮陣，準十二點，從最北邊開始放，第一家放了第二家接著放，一路放到最南端。」

「大家都乖乖聽話，按照順序放鞭炮？」虎大歪好驚訝！狗小圓更驚訝：「整個風島都不會有人耍壞、打亂順序？」

「這延續多年的儀式，是風島人的驕傲，誰會想破壞？」小田田對古老儀式有很深的認同感。閃爍的火光、白色的煙霧，快速從北方奔湧過來，鞭炮火光照亮大地，鞭炮聲響震撼人心。當白色煙霧籠罩過來，民宿的三串鞭炮也依序燃放，大地在跳舞、房子在跳動、牆腳的幾個大陶罐叩叩作響，虎大歪、狗小圓和小田田沒見過這麼驚人的鞭炮陣勢，嘴裡大喊不怕不怕，卻緊緊抱住土荳嬤不放，等風島最南端的最後一串鞭炮放完，土荳嬤就催促大家上屋頂：「快快快！強勁的海風就要從北方奔來，在風島最北邊的沙灘登陸，把剛才散落風島的鞭炮碎屑捲上天空，變成一條鞭炮龍……，啊！來了來了，快看！」

明明是連月亮也被雲遮蔽的暗夜，大家卻看得清清楚楚，一條彩色長龍從北邊飛來，在風島上空盤旋環繞。當長龍飛近，他們看得清清楚楚，千千萬萬個鞭炮碎屑聚成一條龍，被海風托著在天上飛。小田田說：「這真的是傳說中的鞭炮龍啊！」

「這陣強勁的海風是誰召來的呢？」虎大歪很好奇。狗小圓更好奇：「這條鞭炮龍，會飛到哪裡去呢？」

土荳嬤指指前面那一大片銀合歡樹林說：「風島有十一個村，你們三個運氣好，今年輪到我們村子，鞭炮龍會落在我們事先挖好的大坑洞。」

說時遲，那時快，鞭炮龍從高空轉圈下降，鑽進銀合歡樹林中央的大洞。鞭炮龍一進洞，強勁海風瞬間平息，風島一片寂靜。土荳嬤對他們三個挑挑眉，示意他們快點跟上，每人手拿一桶沙土，依序走進銀合歡叢，把沙土倒進堆滿鞭炮碎屑的大洞，好神奇啊！最後一桶土才倒進大坑，風島就下起綿密的毛毛雨，輕輕的、悄悄的落在地上，一點聲音都沒有，是古代詩人寫的那種「潤物細無聲」的小雨。

回到珊瑚礁石屋，大家纏著土荳嬤問東問西，土荳嬤說：「風島的風當然神奇！一人一桶土，把鞭炮龍藏在土裡，今年就會有好收

成！趕快睡，明天才有力氣尋寶。」

初一早上天還沒亮，虎大歪、狗小圓和小田田就被土荳嬤挖起床，吃過簡單的早餐，一人領到一簍花生仁。土荳嬤說：「走走，走走走，我們大手拉小手，一起去尋寶！」

才走到花生田，土荳嬤就開始發號施令：「小田田挖坑，我把花生仁丟進坑，虎大歪踢土幫花生蓋被子，狗小圓負責把土踩得踏實。」

「土荳嬤這是叫我們種花生，哪裡是帶尋寶啊？」他們心裡犯嘀咕，但有了昨晚的經驗，一個口令一個動作，乖乖照做不囉嗦。幫最後一顆花生仁蓋好被子、把土踏實後，虎大歪、狗小圓和小田田發現旁邊的菜宅有人彎著腰、有人跳著舞。小田田問：「花生省魔術？」

「傳說中的到田裡尋寶，其實是在田裡挖土種花生！」虎大歪大喊。狗小圓也驚呼：「人們彎腰搖屁股不是在跳舞，而是幫花生翻土蓋被子！」

「沒錯，花生就是上天恩賜給風島的大寶藏！昨夜的鞭炮陣、鞭炮龍，和綿綿細雨，都是讓我們好好播種，努力耕種，今年才有好收成啊！」土荳嬤一邊說，一邊拿出口袋裡的花生酥塞住他們的嘴巴。虎大歪、狗小圓和小田田嚼著花生酥，臉上露出驚喜的笑容，從沒吃過這堪稱是全世界最頂級的花生酥啊！

三顆心被花生酥融化，好事真的發生啦！

看著土荳嬤滿是皺紋的臉上綻放滿足的笑容，嘴巴念著感謝天、感謝地、感謝大家……這朵笑容、這份感謝的心意，是他們來風島尋寶的最大收穫啊！

初三一早，狗小圓、虎大歪和小田田吃飽喝足，心滿意足的告別風島。才剛走上貓頭鷹飛船，船長就說：「今天就要離開？好可惜，你們知道元宵節的時候，會有成千上萬、大大小小的烏龜游來風島，大家都要歡度『烏龜節』喔！」

他們互看一眼，思索兩秒，立刻達成共識，元宵時候，還要來風島追烏龜！

——原載二〇二一年三月二日「黃秋芳創作坊」個人新聞

編委的話

・周芯丞：

用大家都熟悉的祝賀詞，應用於標題上，吸引讀者注意，用多年來一直延續的儀式，敘說「風島」傳奇，地名的由來，就是大自然神奇的力量。花生寶藏，鞭炮龍和綿綿細雨，都在祈禱好事發生，這些在現在逐漸消失的風情，不論是人情味還是親切感，都跳出來了。

・翁琪評：

描寫風島的風土、民情、節慶，由珊瑚礁石屋看到放鞭炮美景，由彎腰跳舞勾勒出當地人埋下花生種子、祈求豐收的意象，村民辛勤的耕耘，把每年收成的花生製成香甜酥脆的花生酥，種種細節都讓人想一讀再讀、細細品味啊！

・黃若華：

村民齊心剝花生、放鞭炮，強大的向心力凝聚成實相的龍。隨著土豆嬤引領著讀者探索，更能發現真正的寶藏並不一定要是多龐大的金錢、名利或成就，花生小確幸也藏著滿滿的幸福。

・黃秋芳：

珍珠姊妹經典的《虎姑婆》和生肖故事，陪伴著台灣大孩子從上一個世代走到現在；充滿現代節奏的虎大歪和狗小圓，透過素樸的版畫形象和淘氣生動的對口相聲，創造出屬於小小孩的嶄新記憶。為了「挖坑、丟花生仁、踢土、踩實」這一系列的春節「種」寶，虎大歪、狗小圓拎著小田田回風島。究竟花生省魔術？浪漫的鞭炮龍，細雨的潤無聲，隨著風島口音的「發生什麼事？」，好事都發生的神奇魔術，真的實現了。

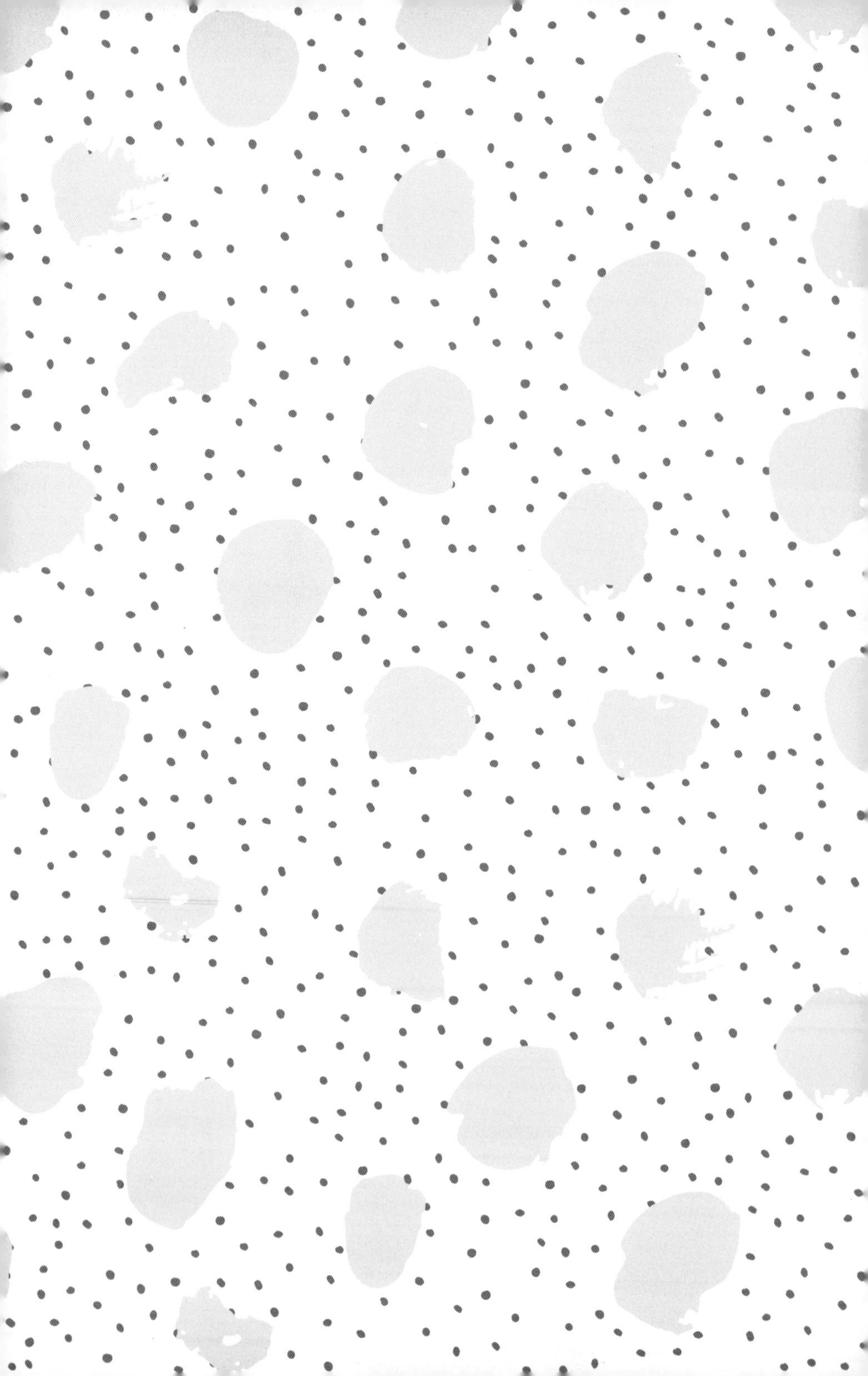

實習生狀元文昌

顏志豪

插畫／許育榮

作者簡介

兒童文學博士，現為專職作家，作品有繪本、童話、奇幻小說、兒童詩歌等。作品有《神跳牆》奇幻小說系列、《神祕山有鬼》猜謎童話系列。曾獲國語日報牧笛獎、九歌現代少兒文學獎、教育部文藝創作獎、秀威青少年小說獎。

FB 粉絲頁：顏志豪的童書好棒塞

童 話 觀

好的童話是黑夜的星星，一閃一閃，亮晶晶。

光明燈神仙學校有非常多神仙學院，著名的有關公學院、土地公學院、媽祖學院等，而聲望總是第一名的文昌學院，正在進行準畢業生的下凡實習儀式。台下的同學們目不轉睛，仔細聆聽文昌學院院長墨默文昌的叮嚀，深怕遺漏任何細節：「接下來將是你們學習生涯最重要的時候，你們必須在實習的時候，幫忙一個凡間小孩打開智慧花，達成任務才能畢業。」

「只要正常發揮，我就能以破紀錄的成績畢業。」狀元文昌自信滿滿，他被認為是文昌學院有史以來最好的學生。

院長親自與每個同學握手，給予叮嚀，目送他們離開學校，校車騰雲飛龍五號，載送他們到指定的孩子家。

蕭本堂，同學們都叫他小笨蛋。他一臉憨厚，臉上無時不是滿臉笑容，看起來就傻裡傻氣，正坐在教室考試。只見他的雙手發抖，手汗沾濕考券，腦筋一片空白，什麼東西都記不住。

「狀元文昌該你下車了。」導師詩仙文昌喊道。

沒錯，小笨蛋就是他的任務。導師詩仙文昌拍拍他的肩膀：「祝你好運。」

騰雲飛龍五號離開了。

「天啊，我怎麼會遇到一個笨蛋呢？不過這絕對難不倒我。」狀元文昌對著小笨蛋施行般若智慧咒，但他頭上的智慧花仍無動於衷。狀元文昌不信邪：「這怎麼可能，我的咒唸得如此完美。我跟你拚了！看我的百倍般若智慧咒！」

咒語幻化成一條黃金大龍，直奔小笨蛋的腦袋。

百倍般若智慧咒是狀元文昌引以為豪的必殺技，因為別人唸一次般若智慧咒的時間，他則可以唸一百次。

「不管你怎麼笨，用一百倍的力量治你，我就不相信治不了你這個大笨蛋！」

黃金大龍睜開巨嘴，毫不客氣地吞下小笨蛋。

「看來這個小野獸，終究抵不過我天才的百倍般若智慧咒。」

狀元文昌定睛一瞧，臉色一片慘白，雙唇顫抖，兩腳發軟，他嚇得說不出話來，因為小笨蛋的智慧花不為所動。他遭遇到前所未有的衝擊！鐘聲響起，小笨蛋一題也沒寫完，交完考試卷後，才想起所有的答案，他非常沮喪。

成績當然慘不忍睹。小笨蛋的爸爸非常生氣：「既然你在這裡學不好，那就轉學到別的學校去吧。」

小笨蛋委屈的掉下眼淚，「我喜歡這裡的同學，我才不要轉學。」

「我是為了你好。」

「我下次會認真的。」

「好吧，下次的段考如果你的成績還是不好，那我只好幫你轉學了。」

從那天起，小笨蛋花費更多時間讀書，寫筆記。

「這小子真拚！」狀元文昌也被他的拚勁所感動，他這時才瞭解原來很多人的學習是如此的困難，不像自己學東西就像挖鼻孔一樣簡單。為了幫助小笨蛋，他每天叫出幾千次黃金大龍來灌頂小笨蛋，但是智慧花就是不開，他嘆：「我看，他真的是笨蛋吧，連神也沒辦法。」

考試的日子一天天迫近，小笨蛋幾乎是睡在書桌上的，狀元文昌看了相當不忍心，甚至開始懷疑自已的仙術太兩光。小笨蛋累得趴在書桌上，流著口水，他的臉有點潮紅。狀元文昌摸摸他的額頭：「竟然發燒了。」

「2乘以2等於4。」小笨蛋還很努力的背誦。狀元文昌趕緊施安魂咒，把他抱到床上。其實，再過幾小時實習就要結束，狀元文昌也知道自己無法完成任務了，萬分沮喪。

「好好睡一覺吧。」

小笨蛋整夜喃喃：「2乘以2等於8。」

太陽升起了，小笨蛋還是昏睡不醒，看樣子無法去考試了。

「我要去考試，我不要離開同學。」

這下狀元文昌徹底被撼動了，他覺得很羞愧，他只在乎自己能不能畢業，根本不是打從內心關心小笨蛋。狀元文昌使用安康咒讓他能清醒上學，不過眼皮還是很重，但能勉強拿起鉛筆作答。狀元文昌看到這一幕，心中暖流，他再度誠心的為小笨蛋祝禱，唸出百倍般若智慧百倍咒，只見咒語沒出黃金大龍，只幻化成黃金雨水，澆灌著智慧花，他的智慧花終於開了，但是，只開了〇．〇一公分的隙縫。

「呃～～我的天啊。」

不過，這條細縫就讓小白痴的智慧有巨大的改變。小笨蛋哭了，因為試卷上的題目都練習過，他每一題都會，他現在就像一台收割機，收割所有的題目，他第一次感受到收割的狂喜。

哎！〇．〇一公分的隙縫畢竟不夠，這道靈光只讓這種感覺維持五分鐘，他做對了五題。

「看來還是失敗了，不過他盡力了。」

就在此時，小笨蛋收到從四面八方傳來的小紙條。原來，同學都知道如果他這次考不好就要轉學，雖然成績不好，但是同學們都非常喜歡他。

「作弊是不對的，你絕對不能打開。」狀元文昌既感動又生氣。小笨蛋還是打開了，沒想到，小紙條寫的都不是答案，而是一個又一個鼓勵和加油。

小笨蛋好感動，他的智慧花又開了〇・〇二公分，讓他順利再答對六題。

這一幕讓狀元文昌永生難忘。

經過這件事小笨蛋的智慧花沒開，卻讓狀元文昌的智慧花徹底綻放。

考試結束了，狀元文昌的實習也落幕了。成績發表，狀元文昌只讓小笨蛋的智慧花開了一點點，任務勉強成功，順利畢業，不過他不是第一名了。

狀元文昌有點失望，他到院長室找了院長墨默文昌：「我可以延畢一年，重新回去陪伴小笨蛋嗎？」

「當真？」

「嗯，他教會我如何當一個好的文昌神仙，我想要讓他的呆頭腦再聰明一點。」

「在我心中，你是一個貨真價實的狀元神仙。」

墨默文昌和狀元文昌的朗朗笑聲，迴盪在文昌學院久久不離。

——原載二〇二一年三月三日「黃秋芳創作坊」個人新聞台

編委的話

・周芯丞：

文昌學院裡的實習生，會順利升狀元嗎？光明燈神仙學校下凡實習的同學中，狀元文昌打破「第一名」魔咒，勉強通過實習，還願意延畢一年，這就是最珍貴的追尋。

・翁琪評：

小笨蛋其實才是故事中最令人欣賞的主角啊！即使智慧花到最後還是只開了小小的縫隙，但所有人一起加油的場景，卻改變了我們的想法，這種努力，永生難忘。

・黃若華：

描繪狀元文昌渴望為誰停留後的心境轉折和性格轉變，盡了力卻沒有成效的心酸血淚，讓人感同深受，同學們的鼓勵讓智慧花打開，顯現出人情的溫暖和強大的力量。

・黃秋芳：

《送馬給文昌帝君》從十年前出發，遊走在民俗傳說和奇幻浪漫邊界，透過《神跳牆》的體系書寫，延展出龐大的神靈王國，擴大到生肖溯源、地景探險和超時空跨界異想。農曆二月三日，文昌帝君生日，春甦花繁，世界新生出希望，我們藉著蔥、蒜、芹菜、包子、粽子的禮敬，不僅寄寓聰明、算術、勤勞、包中的期望，也相信在每一個困難、失意時候，愛可以圓滿全部的缺口。

小龜精和紅米果

鄭宗弦

插畫／劉彤渲

作者簡介

是文學得獎高手，著作有：「鄭宗弦九歌大獎」、「穿越故宮大冒險」、「香腸班長妙老師」、「來自星星的小偵探」、「少年廚俠」、「瞎掰舊貨攤」系列等一百多本書籍。期盼大家欣賞文學，愛人愛己，熱愛生活。

臉書搜尋：鄭宗弦

粉絲專頁：鄭宗弦的美食與故事屋

童 話 觀

校園霸凌是孩子們切身關注的問題，弱者遭受欺壓總是使人同情，而當弱者變成強者，故事將發揮魅力。善良是童心的基礎，善良的孩子看似柔弱，但強大的同理心，反而具備解決困難的強大力量，也是自我學習成長的關鍵要素。

神仙小學的校長是土地公，辦學成效很好，山林精怪們遠從四面八方來求學，希望早日成仙。

這一屆的學生有小狐精、石虎精、小兔精和小龜精，每位都有點能耐，只有小龜精生性膽小，動作又慢吞吞，成為同學取笑的對象。

「你這龜孫子！」動作靈巧的小兔精嘲笑他。他還開心的回答：「我的爺爺也是烏龜，我是龜孫子沒錯。」

「王八烏龜！」聰明伶俐的小狐精取笑他。他覺得挨罵了，趕緊把頭縮進龜殼裡，認真的說：「王八是鱉，和我們龜族不一樣。」

「你真是一隻縮頭烏龜。」威嚴勇猛的石虎精瞧不起他。他也知道「膽小」是他的一大弱點，於是難過的把尾巴和腳都收進去，沒再說話了。

土地公看見了，過來對大家說：「取笑別人，對修行只有壞處。」

大家慚愧的低下頭。

忽然一陣飛沙走石，矇住了所有人的眼睛。等風沙停止後，小龜精發現自己竟然孤獨的站在寂靜的山坡上而腳下有許多饅頭般的小丘，他仔細觀察後發現那些是土墳，原來這裡是亂葬崗。

這時，一陣哭聲傳來，他心頭一抽，立刻把頭、腳、尾巴都縮進龜殼裡。但受不了好奇，還是偷偷伸頭看出去，發現是一個小黑影在哭泣，一旁有個大黑影凶惡的說：「快進去，從現在開始，你是我的奴隸。」

「死神，我還沒長大，不該死呀。」小黑影哀求說。

「少囉嗦，再吵，我就把你丟去十八層地獄。」

小龜精聽了全身發抖，又十分同情小黑影。

「還差一個就夠了。」死神把小黑影鎖進墓穴裡後往外走。小龜精心想：「太可憐了。不行！我應該阻止他。」

他鼓起勇氣伸出頭和腳，賣力跟蹤死神。死神走進破舊的老屋，小龜精躲在門後，看見裡面的破床上躺著一個昏迷的小女孩，床邊有個婦人擔心的在擦眼淚。只見死神從懷裡掏出一條黑蛇，纏繞住小女孩的手腕說：「不久你的脈搏就會停止，那時你就屬於我了。」

婦人流著淚，跪在地上懇求：「你已經帶走了隔壁家的兒子，不要再帶走我的女兒，求求你。」

死神一揮手，婦人瞬間昏迷過去。小龜精不知哪來的勇氣，衝進屋內大喊：「不可以！」

「誰呀？少煩我。」死神很不高興。小龜精懇求：「放過小女孩。」

「可以呀，但必須用你的命來抵。」死神冷笑兩下。小龜精渾身直冒冷汗，但還是硬著頭皮說：「好，但是你要先跟我玩遊戲，並且贏過我。」

「好喔！至於玩什麼遊戲，由我來規定。」

「啊！」小龜精本來想玩自己最擅長的遊戲，例如：維持不動，先動的人輸。或是走一公尺，比比看誰可以走最久。沒想到遊戲的主導權被死神搶走，他也只好無奈的答應了。

「我說出兩個題目，你如果都答對，就放過你們。」死神說。小龜精擔心死神耍賴，急忙說：「我寫答案，你也要寫，然後我們一起對答案，這樣才公平。」

「好啊！」死神從懷裡掏出兩張白紙，和他各拿一份：「第一題，死神討厭什麼顏色？」

「這……」小龜精想了好久，想到過年時家家戶戶都貼春聯、拿紅包，那是年獸最討厭的顏色，因此寫下「紅」字。

兩人一起翻出答案，居然一模一樣，小龜精好驚喜，拍拍胸口喘喘氣。死神又出題：「第二題，死神最討厭吃什麼？」

這好難猜，小龜精想到自己的殼是綠色的，跟紅色是完全相反的顏色。會不會第二題也這樣，死神最討厭吃的，是自己最愛的食物呢？他戰戰兢兢的寫下了最愛吃的

「米果」，沒想到竟然又和死神的答案一樣，小龜精驚喜的跳起來歡呼：「我贏了！」

「哈哈哈！」死神仰頭大笑，瞬間自轉三圈，變成了土地公。

「啊！師父。」小龜精彷彿掉進了五里霧中：「這是怎麼回事？」

「死神是我假扮的，抓走小孩的命當奴隸，也是假的。你放心，這只是對你的測驗，並沒有人失去生命。」

「可是你寫的答案，怎麼都跟我的一樣呢？」小龜精困惑的問。

「我有讀心仙術，知道你要答什麼啊。其實，當你說出願意代替小女孩而死時，你已經練出你所欠缺的『勇氣』了，因此我不需要再為難你了。」

「原來是這樣。」小龜精恍然大悟。土地公慢慢消失，只留下帶著微笑的聲音：「每個精怪欠缺的成仙條件都不相同，恭喜你，你克服了弱點，在同學中第一個成仙。」

小龜精不自覺也自轉起來，然後全身發光，輕飄飄的在屋內飛翔，成了小龜仙。

婦人醒來，看見小龜仙，又摸摸小女孩，驚喜的說：「退燒了，死神不見了，原來是你救了我女兒，感謝你。」

「別擔心，她會好起來的。」小龜仙說完也不見了。

果然到了第二天，小女孩就痊癒了。婦人發現地上有紙張，分別寫著「紅」字和「米果」等字樣，猜想它們和龜仙一樣，具有趕走死神的能力。為了預防死神再次來害人，她想把這幾樣東西結合起來，用來驅邪。不過，她把「米果」兩字，錯看成了「粿」字。

她先做了龜形的木模子，再用糯米漿包餡料做成粿，把粿壓進模子裡印出龜形圖案，再塗成紅色，蒸熟後分送給大家吃，祝福大家健康長壽。還在清明祭

祖時拿去拜祖先，希望能趕跑死神，以免祖先成為死神的奴隸。

從此「紅龜粿」開始流傳，成為家家戶戶的點心和祭品。善心的小龜仙也回到神仙小學，獲得大家的敬佩，決心向土地公看齊，幫助其他同學早日成仙。

——原載二〇二一年四月四日「黃秋芳創作坊」個人新聞台

編委的話

・**周芯丞：**

生活中，有候被取笑會成為向前的動力，被嘲笑的，不是夢想，而是實力不足的妄想，就像小龜精，不必讓心情停留在糟糕狀態。大家都喜愛的紅龜粿，原來也有一段小插曲。每位山林精怪都希望早日成仙，我們也要努力成為「更喜歡的自己」。

・**翁琪評：**

被大家欺負的小龜精，猶如小小的蓮子在淤泥中等待，等待著有天能冒出芽、衝破厚重的淤泥，最後開出美麗的蓮花，散發出名為「勇氣」的清香，並用這股清香芬芳他人的生命。

‧黃若華：

強化死神的冷酷性格，與土地公善良的形象形成強烈的對比。小龜精從遭人取笑的對象銳變成踏出心中那一道檻的龜仙，這中間的過程宛如人生推進，是所有人必經的生命課題。若懷抱著善心，幸運精靈便會站在你身邊。勇氣正是小龜精曾經缺少的，也使人反思自己生命中缺少的那一部分到底是什麼？

‧黃秋芳：

台灣米食文化悠遠深厚，春節的發糕，元宵節的元宵，端午節的粽子，清明節的紅龜粿和草仔粿，中秋節的月餅……，都是色香味俱全的流光印記。龜是東方四靈之一，象徵吉祥長壽，原始初民以龜為牲禮，祭祀神明和祖先，後因活龜得來不易，逐漸以紅龜粿替代，出版於二〇一〇年的《阿公的紅龜店》、《紅龜粿與風獅爺》，十幾年來，以一場又一場在美食中烘焙出來的溫度和香氣，為台灣禮俗和常民文化，注入充滿活水的文學探險。

卷二・在童話裡紀年

聖蹟亭的訪客

林世仁

插畫／許育榮

作者簡介

文化大學藝術研究所碩士，作品有童話《字的童話》系列、《不可思議先生故事集》、《小麻煩》；童詩《字的小詩》系列、《古靈精怪動物園》、《誰在床下養了一朵雲？》；圖像詩《文字森林海》等六十餘冊。曾獲金鼎獎、聯合報／中國時報／好書大家讀年度最佳童書，第四屆華文朗讀節焦點作家。

童 話 觀

童話，是用「童心的話語」所述說寫出來的幻想故事。
童心，是以新鮮的眼光來看這個老舊的世界。

好久沒下雨了，空氣乾乾的，柏油路也乾乾的。

我踩著乾乾的柏油路，來到龍潭的聖蹟亭。聖蹟亭就是惜字亭，是一個三進式的庭園，清朝時蓋來燒字紙用的。沒看見人，卻有聲音！紛紛雜雜，聽不太清楚。

我轉轉耳朵，調整收音頻道。

聽見了！是第一進的兩根門柱下的石鼓，它們在咚咚喊著：「有人來了！大家醒醒。咚咚咚！歡迎貴客！歡迎貴客！」

我朝石鼓點點頭，感謝它為我擊出這麼響亮的迎賓鼓。走入第二進，迎面是兩個張開雙臂歡迎我的門柱。左右還有兩根高高的石筆，把我的視線一下子撐展開來。「石頭做的毛筆？」我忍不住想：「呵，這誰拿得動啊？」

背後，又傳來石鼓的聲音：「咚咚咚！歡迎貴客！歡迎貴客！」

咦，怎麼還在喊？難道不是歡迎我？我眨眨眼睛，調整收視的頻道，回頭一看。

啊！是一百多年前的影像。一個老人肩挑著兩個大竹籮，一步一步走進來。竹籮上各貼著一張紙條，上頭寫著四個大字：「敬惜字紙」。

老人直直走入第三進，來到聖蹟亭的爐口前，我趕緊跟上。老人把竹籮裡印有字、寫有字的紙張，一一放進爐裡，點燃火。亭前兩隻小石獅抬起頭、開心的張大嘴：「白蝴蝶要來嘍！」

字紙燒成灰，點點白灰由頂上的葫蘆煙囪飄出來。風一吹，真的變成白蝴蝶，滿天飄飛，小石獅跳起來，追抓著白蝴蝶，爪裡、嘴邊都是點點白灰。

「別鬧了，快放手！」爐口下方的石刻麒麟罵牠們：「那是字的魂魄，要回天上報告倉頡爺爺它們在人間完成了使命。」

小石獅不好意思的鬆開口爪，轉回身。剛一落座，石鼓又咚咚響起來。「咚咚咚！歡迎貴客！歡迎貴客！」

我往前看，這回來的是一群人，一列客家八音敲敲打打迎來一座神轎。兩個長者從轎中請出文昌帝君的神像，安放在供台上。長桌上擺滿供品，眾人虔敬上香，行三

獻禮。在客家八音的奏曲聲中，我看到文昌帝君忽地跳脫神像，兩手抓起庭園中的兩根石筆，飛上高高半空，朝著天庭朗聲說道：「倉頡老友！生日快樂！」說著雙手揮轉跳起了「石筆舞」。末了，朝下一俯身，在聖蹟亭的上空寫了四個大字：「過化存神」。

神光一閃，四個大字「咻！」的飛下來，鐫入爐口的上緣。影像消失，我往前細看。爐口上方果然有「過化存神」四個字。兩旁還有一副對聯：「文章到十分火候，筆墨走百丈銀瀾。」

「好句！」我忍不住讚歎。

「好什麼好？」小石獅哼了一聲。我瞧瞧牠，是公獅子：「好久沒人來燒字紙了！書法字？沒見過。連手寫字都沒見過！」

「現代人重環保，字紙都回收了，不再拿來燒了。」我解釋。

「知道啊！」另一隻母獅子噘起嘴：「我們還知道現代人愛打電腦，不愛寫字。」

「時間嘛，總是往前走的。」我聳聳肩。公獅子倔強的說：「哼，這裡的時間可是永遠不會消失的呢！」

「咚咚咚！歡迎貴客！歡迎貴客！」

咦？石鼓又響了。我們同時望向前方。

一個灰衣人，手裡拎著一疊紙，遠遠走來。小石獅開心吼叫：「耶！有人來燒字紙嘍！」

不知怎麼回事，我全身都起了雞皮疙瘩，鼻子如駱駝般自動密閉起來。那人走到爐口前，將字紙放入，點火燃燒。我忽然明白了，大喊一聲：「小心！」

聖蹟亭也同時感應到，亭後的石刻八卦飛升到空中，往下撒出八卦網，像玻璃罩一樣把亭子四周罩住。麒麟率先衝出，吞噬飄飛的紙灰：「小獅，別讓紙灰飛出去！」

「遵命！」兩隻小石獅興奮的飛撲抓踩。石刻中的鳳鳥、銜劍獅也飛出幫忙，連亭腳的四隻螭龍也仰首吐出金光，淨化紙灰。我想出手抓住灰衣人，雙腿卻沒法動彈，只好用嘴罵他：「疫神！您來這裡傳播病毒，也未免太過分了！」

麒麟、石獅、螭龍全圍向疫神，想抓住他。

「呸，小小石頭兒，想抓我？」疫神瀟灑旋身，竟然無人可以靠近。

頂上的八卦發出金光，緩緩降下。

「等等，」疫神看向僅存的一些紙灰，冷冷開口：「你們以為那是什麼？」

「當然是病菌！」大家連聲喊：「除了疒字邊的毒字，還可能是什麼？」

「咦？」小石獅移開腳掌：「雨？雲？霜？霧……全是雨字邊的字？」

「那是我的祈雨文。」疫神緩緩說。鳳鳥哈哈大笑：「祈雨文？疫神會祈雨？怎麼可能？」

「怎麼？」疫神抿抿嘴：「我就不能做點好事嗎？」

「我不知道你在想什麼，只知道不能讓你亂跑。」麒麟瞪著疫神。疫神淡淡的說：

「想抓我？天上神仙都奈何不了我，你們能如何？」

「我們的確攔不住您。」我說：「可不可以麻煩您一件事？」

疫神終於把目光移向我。「原來是不可思議先生！哼，我看你也沒多不可思議嘛。你想說什麼？」

「我看您都不笑，如果我能逗您笑，您能不能答應我一件事。」

「笑？」疫神的目光飄遠：「我好幾百年沒笑過了……好，能讓我笑，我就答應你。」

「一言為定。」我從口袋裡掏出一個口罩，遞給他：「可以麻煩您戴上它嗎？」

疫神看著我，像看著一個笑話。久久，他的嘴角抽動起來，露出一個僵硬、不太自然，但仍然看得出是笑的微笑。

「呵，小子幽默！好，願賭服輸。」疫神說著接過口罩，戴好：「不過，我只戴兩週喔。」

說完，他往上一躍，瞬間衝出八卦網，消失不見。那僅存的一點紙灰也跟著被帶飛起來，不過，它們沒有飄向天庭。

「紙灰飛作白蝴蝶」，陽光下，它們朝遠山緩緩飄去……

遠遠的，山坡上，我瞧見幾株晚開的油桐，開出了幾朵潔白的小花。

——原載二〇二一年五月二十六日「黃秋芳創作坊」個人新聞台

編委的話

・周芯丞：

疫神對我們來說，只有缺點，沒有優點。閱讀時卻成為打破刻板印象的魔法時光。在空無一人的龍潭聖蹟亭，跟著不可思議先生，聽見不同的聲音。最後，疫神戴上口罩，彷彿也感受到疫情控制住了的希望。

・翁琪評：

隨著時代演進，原本傳統的三合院被各種「大」工具摧毀，轉變成高樓大廈。石獅們在旁邊看著，經歷滄海桑田，又受盡風寒，終究會被拆掉吧！但它們還是會存在於我們每個人心中。

．黃若華：

為原本氣派、莊嚴，但又了無生機的石獅注入生命力，使角色更具趣味感。聖蹟亭代表著這一整年，訪客代表一年中的事物和際遇，瘟神祈雨、微笑、戴上口罩等，不但象徵沒有絕對的善惡，也降低病毒帶來的壓迫感，為正在和病魔搏鬥的醫護人員和普羅大眾，注入一線希望。

．黃秋芳：

透過字的童話和傳奇，像倉頡使者，詮釋新趣。用一個又一個字，交織出充滿個性的文字宇宙，像一生熱情洋溢的攀爬，直到二〇一七年接生不可思議先生，在堆疊知識後又放開，依賴神奇的想像自由走去，藉童心和夢想打造出融會「心中」和「眼中」世界的金色大海，在剛剛好的時刻造夢，為這缺水、瘟疫糾纏的五月，疫神祈雨，口罩微笑，晚開的桐花芬馥潔白……

端午恐懼症

施養慧

插畫／劉彤渲

作者簡介

鹿港人，台東大學兒童文學研究所畢業。致力於童話創作，寫童話就像玩著一個人的扮家家酒，讓我流連忘返，樂此不疲。
曾獲九歌年度童話獎、台東大學兒童文學獎。已出版《小青》、《不出聲的悄悄話》《338 號養寵物》、《好骨怪成妖記》、《傑克，這眞是太神奇了》；改寫作品《騎鵝歷險記》。

童 話 觀

童話是最浪漫的一種文類，不僅讓凡人上山下海，也讓人間成了有情世界。

自從小青走出《白蛇傳》落腳日月潭，便以台灣新住民自居。台灣人一生必做的三件事，她不但完成兩項還破了紀錄。雖然泳渡日月潭和攻頂玉山，她都是以原形達標，但「這不算作弊，我也是憑實力完成的。」

善爬不善走的她正積極鍛鍊腿力，準備挑戰騎腳踏車環島；還有一件事困擾著小青，就是跟了她多年的「端午恐懼症」。每逢端午前夕，她就恐慌到幾近窒息，嚴重時還會昏厥。但法海早就不在了，雷峰塔也倒了又蓋了，她好想看看現代人是怎麼過端午的。

「我怎麼沒想到哇！」小青望著猛搖尾巴的寵物黑溜溜，一條比狗還乖的眼鏡蛇說：「就像被你咬到，需要注射毒蛇血清一樣。我要以毒攻毒！」她深知端午節加上擁擠的人潮，正是發病的原因，便為自己下了一劑猛藥，決定端午當天勇闖全台最熱鬧的小鎮——鹿港。

出發前一天，小青就胸悶、頭暈、想吐三症齊發。對她來說，暈車跟喝雄黃酒的下場，都是原形畢露，只好趁著夜闌人靜，施展許久不用的飛行術。凌晨三點，一抹青綠色的身影落在鹿港龍山寺外。觀世音菩薩是她敢在台灣 long stay 的關鍵，龍山寺也是她唯一敢踏入的神殿。

太久沒飛了，小青取出水煮蛋補充體力，她吐了吐蛇信，一秒就用「自動剝蛋術」將六顆蛋剝個精光。她愛極了這個簡單又實用的獨門絕招，雖然此招花了她五十年才學成，但身為一條資深的蛇，吃蛋的技術當然得技高一籌。

「喀啦！」門開了！小青匍匐在菩薩座前說：「菩薩呀！好久不見！今天除了來讓您看看，我是不是一直都乖乖的？還想來治病。這麼多年了，端午節我都不敢出去見人。這裡有您庇佑，我比較安心。」

小青仔細的看了看菩薩，又拜了兩拜，才轉身問前來做早課的信眾說：「請問孫悟空在哪裡？」

「阿彌陀佛！要稱大聖爺。」穿著黑紗的老嫗，將她引至十八羅漢的神龕前說：「小小的那尊就是。」

小青將孫猴子視為同門，都是靠菩薩「罩」的生靈。她跟同門打過招呼，又跟菩薩要了一張護身符，才從惜字亭的偏門離開，穿行於大街小巷，走著走著，突然像蚱蜢一樣彈開，不起眼的巷子裡竟然藏著一棟「鶴棲別墅」。她忘不了盜仙草時，鶴童在白素貞頸上留下的那一道疤，不管鶴棲別墅裡有沒有鳥，她就是不想從那個鶴字下走過。小青貼牆而行，快步離去。

「既然來了，就得去最熱鬧的媽祖廟。」小青告訴自己。鹿港的騎樓是出了名的友善，她卻走得艱困，每走幾步就停下來喘氣，越接近媽祖廟，就喘得越厲害。

「吁！吁！……全台灣的人都來了嗎？」眼看著媽祖廟就在前方，小青已經臉色發白，快要不支倒地了。突然有人大喊：「踩街要開始了！」

小青被人潮推著湧向中山路，她低頭看著自己的指甲，已經有六隻轉成青色了，當十隻全轉青後，她的變化就止不住了。小青虛弱的轉頭，望著天后宮說：「媽祖娘娘！救我……」

「噹！噹！噹！」一個頭戴清兵紅纓帽，穿著黑衫黑褲的人出現了。他戴著無框眼鏡，留著八字鬍，敲著銅鑼大搖大擺的走在清空的街上。身上套著一件反穿的羊皮襖；手執煙斗銅鑼，肩荷紙傘；一高一低的褲管，一足赤腳一足草鞋……小青沒見過這種怪人，不知道這是引領媽祖陣頭的報馬仔。緊跟在後的是三姑六婆的高蹺陣、公揹婆、蚌殼精……

五花八門的陣頭伴隨著鼓聲隆隆，還有不時拔高的嗩吶與交錯的銅鑼和鈸，再突然來一串鞭炮……「鏗鏗鏘鏘」「劈哩啪啦」強烈的畫面與震耳欲聾的聲音，鎮住了小青的魂魄，她盯著眼前舞動的巨龍，止不住兩行清淚，「蛟兒如果在這裡，該有多好！」

當陣頭過後，小青看著指甲，欣喜的叫著：「沒事了？不喘了！也不暈了！」她走到天后宮外，虔誠的朝著媽祖合掌鞠躬說：「謝謝媽祖娘娘！謝謝您！」

挺過變化的小青，終於有了觀光的心情。她到老街賞童玩、喝麵茶，看半邊井；又到第一市場，嘗了著名的芋丸跟麵線糊。「呃！」小青打了一個飽嗝，警告自己：「你已經吞掉半頭大象了！」想起冰箱上那幅小王子畫的「蟒蛇吞象」，又威脅自己說：「再吃！回家就罰寫三百遍的『貪心不足蛇吞象』」接著，一頭鑽進了九曲巷。

小青一進九曲巷，菩薩的護身符就喚醒了倉頡先師的文字。一個個墨黑的毛筆字，從紅色灑金的春聯上翩然飛起，化成一串吉祥咒護著小青。

當千年蛇精遇到古老巷弄，九曲巷就成了紅磚堆砌的時光隧道。往事跟著一個彎一個彎的轉了出來，小青想起那年的端午節，刺鼻的酒味直衝腦門。一個踉蹌，左轉見到了意樓的窗花與碧綠的楊桃樹，小青猛然醒悟：「原來不是雄黃酒，是喝醉酒！不管是人是蛇，只要喝醉酒都會現出原形。」

「別碰酒就沒事了！」小青終於打開多年的心結。她知道是媽祖娘娘跟菩薩聯手治癒了她，她捨不得離開這個同時有兩位女神守護的小鎮，便在鹿港過了一晚，久違

萬事如意
福臨門
好運到
一年四季

的蔓蛟，還匆匆入夢。

此後，小青年年到鹿港過端午，必定夜棲意樓楊桃樹，只是每次回家後，總要罰寫三百遍的「貪心不足蛇吞象」。

——原載二〇二一年六月十四日「黃秋芳創作坊」個人新聞台

編委的話

・周芯丞：

端午節是我們的傳統節慶，既熱鬧又富有人情味，《白蛇傳》裡的配角變成主角，以新住民的身分，在台灣居住，讓大家一起認識台灣之美。不只是雄黃酒，日常生活中的酒，都會讓人顯露出本性，還是要打開心結，看見更寬闊的未來。

・翁琪評：

把白蛇傳中本來作為「配角」的小青主角化，在踩街時脫離了一直以來的恐懼，才發現酒是自己氣喘和虛弱的主因，作者在結尾使用原本有負面意思的「貪心不足蛇吞象」，使其轉成逗趣好玩的童話金句，賦予了這句俗諺完全不同的意義。

・黃若華：

從白素貞侍女搖身一變，成為在鹿港暢遊的小蛇仙，將泳渡日月潭、攻頂玉山、踩街等著名的挑戰項目和傳統文化融入於其中，展現獨特的台灣風情。同時讓我們以小青的視角來認識鹿港，從拜訪媽祖廟、賞童玩、到喝麵茶等，都充分展現鹿港小鎮的在地風情和味道。最後的「貪心不足蛇吞象」，洋溢著小青對鹿港人事物的喜愛和熱忱，也點燃讀者想親自一遊此地的慾望。

・黃秋芳：

二〇二一年的鹿港，取消陣頭，人流靜寂。四十年來第一次街道淨空，幸而還有小青導覽，在虛無當下凝視繁華，讓我們安心神遊。遊走在西方經典和東方古典邊界，從妖怪宇宙和童話改寫出發，翻轉性別、主從、階級、威權，凸顯以邊緣替代中心的眾聲喧嘩，塗抹出扎實的台灣風情，好像有各種內在分裂的「微細之聲」，正熱烈建構出時尚、獨立的節奏，洋溢著「在變化中精進」的活力。

蟬蛻

鄒敦怜

插畫／許育榮

作者簡介

當過小學老師、廣播節目主持人、教材編寫者、報紙專欄作者、繪本與童書作者……，出版過給成人與給孩童的作品超過一百冊，得過一些文學獎，到過很多有趣的國家。最喜歡做的事情，是把內心的感動化做文字，與更多人分享。

童話觀

童話是寫給兒童看的有趣的故事，有繽紛的色彩，有天馬行空的幻想，還有許多兒童才懂的喜怒哀樂。這些故事將會成為孩子心中的靈感與勇氣，幫助他們在長大的時候，也能勇敢的跨向冒險與未知，探索更廣大的世界。

煙花颱風遠離後，天氣比之前好一百倍！三級警戒剛調降成二級，酷日當空，燠熱寂靜的山路只剩下不停歇的蟬鳴。我戴著口罩，遮住大半個臉，準備從山腳下的住家到山頂上的外婆家。

這段路有數不清的台階。其實，我可以搭公車，有一條公車路線，從我家起點到外婆家終點，要搭一個小時，繞了三十八個站；也可以請爸爸或媽媽開車送我，從車庫取車、發動、上馬路、轉高架橋……整趟折騰下來也要二十分鐘。想起來，最快的還是靠「11路」直衝山頂，我試過了，快一點，頂多十分鐘。我一邊埋怨一邊邁著腳步，誰叫我猜拳猜輸，必須負責把媽媽烤箱中剛做好的磅蛋糕送到外婆家？

當我穿上連帽的紅色遮陽衣，換上運動服運動鞋，一身勁裝準備出門。剛剛猜拳連贏三把的哥哥，剛把我的書搶過去的雙胞胎哥哥，正悠哉悠哉的躺在懶骨頭上準備看書，還有點「娘」的捏著蓮花指揮動著：「快去快回，乖，小紅帽！」

噢，真是夠了！猜拳輸了賴皮最沒意思，所以我沒爭辯，我可是說到做到的。只是，這大熱天出門，差點找不到被自己踩在腳底下的影子，根本像是到了壽麻國，那是我剛讀到的《山海經．大荒西經》裡一個沒有影子的酷熱之都，熱到連說出去的話都會瞬間被蒸發。我告訴自己，必須在最短的時間內完成這項任務。

走出大門，狂奔，忽而樹蔭底下奔馳，忽而圍牆旁邊停頓，我像劍客要躲仇家，躲的是無處不在的太陽金針。登山口正下方有條小溪，溪水潺潺，從這裡開始有綠樹兩旁相對。拾級而上，路邊野草哪些能吃、哪些吃了會中毒，我瞭若指掌。儘管是邊跳邊走邊跑的上台階，我還是隨手摘了幾株車前草最嫩的葉片尖端，天氣這麼熱，車前草洗乾淨熬煮，再加點黑糖，放涼後比什麼都消暑，我想外婆一定會喜歡我這些特別禮物。

這時，一株特別肥大鮮綠的車前草吸引了我的目光。它沿著石階長出，一葉葉簇生的橢圓形鵝卵狀葉片，像湯匙更像是一張張打算跟整座山打招呼的手掌。這株足足有半個人高，中間那毛毛蟲般的穗狀花，像我的胳臂一樣粗大。這，還是車前草嗎？

我有點疑惑，四處張望了下，車前草後方的山徑兩旁，有許多相思樹，有不少蟬蛻黏在相思樹幹上。

轟隆隆的蟬鳴在山中迴響，我這才發現，草莖上也有不少蟬蛻。要不要撿幾個呢？我遲疑著卻還是伸出手撿了，好像著了魔似的，一路撿拾寶石般的不斷剝下草莖上的蟬蛻，突然，巨大車前草莖上出現一個巨大的蟬蛻，幾乎像個足球一樣大，我伸出去的手頓時停在半空中。一個戴斗笠的先生蹦出來喊：「別摘那個！」

他穿著灰撲撲的老式衣服，滿頭的銀白色頭髮被陽光照得發亮，應該很老了，不然怎麼頭髮都白了，但猜不到真正的年齡，因為那光滑的皮膚，沒什麼皺紋、沒什麼斑點。山路上不常有人，我從小就被教導著要提防陌生人，但這個人聲音中透露的堅定和沉穩，卻讓我不那麼擔心。我的手又伸出去，有點不服氣：「為什麼？」

「真的不要動。這不是蟬，這是傳說惡獸，你最好不要親眼看到牠。」

「我偏偏想要看！」也許是剛剛猜拳輸了有點氣，我有點無理取鬧。沒想到那人卻對我拱拱手，盯著我的口罩看了又看說：「蒙臉不以真面目示人，想必是哪裡的俠女，那我就據實以告。我要追捕的是一種叫做『腦蟬』的怪獸，這怪獸長六尺，生性凶猛從無人能馴服。唯一的時機就是當牠化作蟬狀，歷經蟬的羽化蛻變，那時是牠最脆弱的時候，也才能捕而殺之。你看這蟬蛻還微濕著，牠一定在附近。」

這位先生說話怪里怪氣的，但好像在哪裡見過似的。他一邊警戒的環顧四周，一邊告訴我他是如何一路追著這怪獸，就是怕怪獸傷害了人。我注意到他左右手各握著一個圓盤大小像是小蒲團的東西，那兩個小枕頭散發著濃濃的氣味。說時遲，那時快，一個東西瞬間從眼前竄過，老先生左右手揚起，像捕捉一隻飛舞的麻雀一樣，雙手一合。

「好了！」小蒲團像夾心餅一樣，看起來中間就是夾著東西。我趨向前：「我可以看嗎？」

那個人急得後退，並從袖口掏出一個黃色大布袋，把那兩個小蒲團連著裡頭的東西丟進裡頭。霎時間，那黃色布袋像裝了什麼大魚似的，晃動得厲害。

「小俠女，萬萬不可，在下告退了！」那人往山下走，疾行如飛，我只得大聲喊：「等等，等等，那……我可以拔那株車前草嗎？」

那人消失得很快，遠遠傳來回應：「請便！」

那一天，我像扛著大蘿蔔一樣扛著那「巨人車前草」到外婆家，大家嘖嘖稱奇。外婆用來煮青草茶、燉排骨，吃不完的還曬乾留著用；我身上那股奇特的香氣，連著幾天蚊子都不敢靠近；還有，我查了查什麼是「腦蟬」，發現網路中有段文字這麼寫：「……有獸焉，長六尺，毛色不定，形態各異，其性甚猛而不可馴，有異能，化為蟬狀，吮人腦，為之吸著腦皆殘，故名曰腦蟬。群見之則國有災……」

這段文字據說出自《山海經》，但我努力翻了整本都沒找到。書桌前放了幾個那天撿拾的漂亮蟬蛻，正常版本的。被哥哥搶走的書終於輪到我看，懶骨頭現在是我的了。這奇遇說了也沒人相信，我只能稍稍確定，那個山路中遇到的奇人，是《南山先生的藥鋪子》這本書的主角，千真萬確，因為我正在讀這本書……

——原載二〇二一年七月二十六日「黃秋芳創作坊」個人新聞台

編委的話

・**周芯丞：**

疫情中，大自然會有什麼變化呢？颱風過了，天氣變好，疫情從三級降成二級，動物、植物和神話中的異獸，組合成看起來非常奇怪、又好像很合理的奇幻演出。

・**翁琪評：**

從日常到不可思議的種種奇幻經歷，在最後一段，用類似《愛麗絲夢遊仙境》的誇張安排作結，讀來彷彿經歷一場夢，虛虛實實，假假真真，繼而一想，我們不也是生活在這樣虛幻又現實的世界嗎？

・**黃若華：**

蟬蛻、車前草原本是在大自然中隨處可見的事物，和奇獸「腦蟬」結合後，增添一絲《山海經》的神祕氛圍。一株簡單的植物，想獻給外婆養生、消暑，可見生在山中之人的純樸和用心；老先生出現，揚手一揮，以迅雷不及掩耳的速度收服奇獸，使人感受到虛與實之間的切換，以及場景深淺層次的不同。

・**黃秋芳：**

「南山先生」把相感、相制、相生、相剋的奇特生物，透過內服，外佩，治病、辟邪、庇護、祈願……，靠近日常，挖掘出原始初民中對大自然的想像、依戀和尊崇；接著又準備延伸出「東海先生」，從海內到大荒，勾勒出《山海經》的奇異國度。用悶熱如壽麻國的一個不見影漬的「瞬間點」，把遙遠的不可思議拉近現實，呼應作品的後設和充滿樂趣的諧音梗，點染出蔥翠清新的透明感。

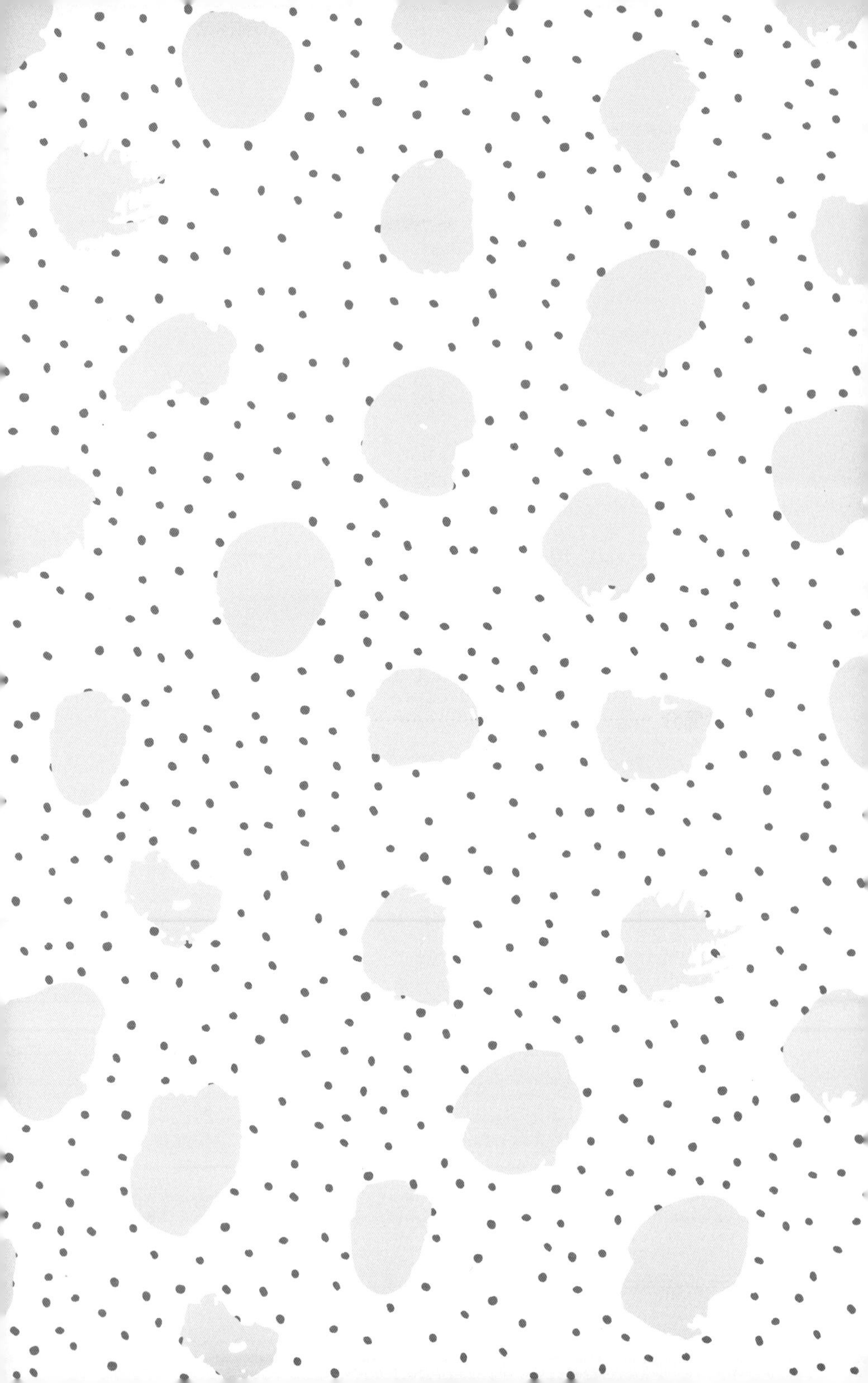

龍后的七夕禮物

陳沛慈

插畫／許育榮

作者簡介 ……………………………………………………………………

以閱讀為糧、寫作為藥的國小老師。
以文字為劍，捍衛方寸良善的作者。

童 話 觀 ……………………………………………………………………

童話，是每個人心中最溫暖的那片天地，在生命旅程中，與童話相遇當下所露出的微笑，即是最良善眞美的笑容。
無論年紀、不管時空，願童話溫暖每顆善良的心。

小椒圖煩惱極了，就算把自己關進全世界最安全的密室，也無法解除焦慮，因為龍王爸爸前陣子交付他一項任務，讓他又愛又怕，超級無敵難。

為龍后媽媽畫一張人像。這個任務會難嗎？不會吧！每個小朋友從小到大，就算沒畫過一百次媽媽，至少也畫過五十次吧。但是，對小椒圖而言，這可是比登天還難的事啊。當然，對龍而言，想登天一點難度也沒有，可還是無法減少這個任務的困難。

因為，小椒圖根本不知道自己的母親長什麼模樣。別誤會、別誤會，小椒圖不是孤兒，更不是眼盲，實在是因為龍后媽媽太忙，來去匆匆，小椒圖又太害羞，每當媽媽好不容易休假回家，開心的小椒圖總是害羞得不敢抬頭，扭扭捏捏好幾天，等他克服心中的羞怯，就只能看到媽媽離開時的背影。

「下一次，媽媽回來，我一定要看著她的眼睛，告訴她，我好愛她。」前陣子，小椒圖終於下定決心。可是，龍算不如天算，龍后媽媽還沒回來，他就接到這個任務，總不能畫一顆白得像雪、比例完美的蝸牛殼吧？這才是龍后媽媽在小椒圖心中唯一的具體形象。

其實，龍王爸爸也很苦惱，好不容易等到四處出差的老婆回來，卻必須面對滔滔不絕的埋怨：「老龍啊，你看我，是不是太操勞了？」

「是啊是啊，老婆大人為了給人間散福，四處奔波，真是辛苦了，這次休假要好好休息休息。」龍王趕緊遞上剛沏好、香噴噴的養顏玫瑰紅茶。龍后媽媽對著銅鏡，左側看看、右側摸摸：「不對啊，我一定是太勞累，所以龍老珠黃、變醜了，醜到小椒圖都不想看我了。」

「怎麼會，你又不是不知道，椒圖那小子生來就膽小。」

「哪有人膽小到連自己的母親都不敢看，我又不凶！」龍后媽媽難得撒嬌，害龍王爸爸忍不住打了個冷顫，邊說邊為自己捏了把冷汗：「不凶不凶，一點都不凶，既溫柔又美麗。這樣吧，我要小椒圖為你畫張像，等你七夕回來的時候，就能知道你在小椒圖心中有多完美了。」

就這樣，龍王爸爸把自己七夕情人節的難題，踢給了小椒圖。

每年七夕，龍王總會準備禮物送龍后。但是，常常不知道禮物合不合龍后的意，讓龍王一顆心七上八下。龍族私下傳著一句順口溜：「龍后一歡喜、七夕夜明月照大地；龍后一皺眉，七夕夜風雨來相隨。」

可憐的小椒圖，躲在迷宮密室整整一星期，都快想破他的蝸牛殼了，還是沒有任何辦法，只好硬著頭皮求助各位哥哥。

來到大哥贔屭的健身房，大哥正汗水淋漓的練舉重：「小弟你來得正好，快坐到槓鈴上面，增加點重量。前幾天，我看凡人舉辦的奧運比賽，有個台灣小女生竟然可以舉一百多公斤，嚇死我了。我要多多練習，才不會丟龍族的臉。」

「大哥……」小椒圖低著頭，不敢看光著上身的大哥：「我想問，媽媽的模樣……」

「媽媽？媽媽超級美，她的龜殼美呆了。啊！喝！」贔屭大叫一聲，舉起像山一樣的槓鈴，嚇得小椒圖拔腿就跑。來到二哥螭吻的實驗室外，被機器人擋在門外：「主人在做實驗，閒人勿進。」

「我……我不是閒人。」小椒圖很需要二哥的幫忙。

「主人說，如果你要問龍后的長相，要我告訴你，龍后媽媽是全世界最美的媽媽，尤其那條完美的魚尾巴。」機器人一說完，就關上重重的鐵門。

三哥蒲牢拿著麥克風大唱流行歌，根本聽不見小椒圖的聲音；四哥狴犴對著小椒圖長篇大論，整整說了三天三夜，小椒圖聽得暈頭轉向，最後只記得：「咱們媽呀，那可是虎虎生風……」

五哥饕餮不知道跑去哪裡發掘美食了；六哥蚣蝮還在凡間，忙著幫龍王爸爸巡視水情；七哥睚眥太凶，小椒圖根本不敢靠近他百步以內，更不可能去找他說話了。最後，小椒圖穿過層層煙霧，找到坐在濃霧中，搞神祕的八哥狻猊。

「八哥，咳，我想請你描述，龍后媽媽的長相，咳咳……越清楚越好。」狻猊的煙霧讓小椒圖不停咳嗽，卻也讓他不會感到太害羞。狻猊連聲音也朦朦朧朧的：「小弟啊，我只能跟你說，龍后媽媽的那雙腳真美，是我見過最完美的獅足。」

「獅子？」小椒圖想起每位哥哥說的特徵：龜殼、魚尾、獅足……

小椒圖忍不住傷心的哭了起來：「原來……原來我們的媽媽不是同一個啊！」

「噓！」狻猊撥散所有的霧，心急火燎的衝到小椒圖面前，遮住他的嘴：「這種話別亂說！」

小椒圖被狻猊驚恐的表情嚇得昏了過去。等他醒來，狻猊又躲進雲霧裡，用忽遠忽近的聲音說：「小椒圖，你說的那個疑問，我們八個哥哥都說過，全被龍王爸爸打得鼻青臉腫。我告訴你，咱們的娘確實是同一個。」

「可是⋯為什麼⋯」小椒圖的聲音更小了。

「你看看我們的小妹——小龍女，不就清楚了？」狻猊的聲音更遠了：「龍女的本事，是『女大十八變』。咱們的娘也是龍女啊，還是成熟了一點的龍女，那一定更會變啊。記住阿，我們是同一個娘生的～～～」

小椒圖若有所思的回到自己的宮殿，接著幾天，他都請了小龍女妹妹到他的宮殿裡來作客。幾天後，小椒圖宣布，龍后媽媽的畫像完成了，不過，要等到七夕節當天，他才要親自送給龍后媽媽。

龍后媽媽到底對小椒圖的畫像滿不滿意？

回想一下，七夕當晚是明月照大地，還是風雨來相隨，就知道答案了吧！

——原載二〇二一年八月二十一日「黃秋芳創作坊」個人新聞台

編委的話

・周芯丞：

逃避問題是現實生活裡，處理事情最常見、也是最不佳的方法，不過，七夕禮物對有情人來說，無比重要，怎麼能逃避呢？最喜歡小椒圖不逃避問題的個性，有些害怕，但並不退縮。勇敢面對，反而是最好的解藥。龍后的七夕禮物，到底是什麼呢？七夕當天親手交給媽媽的懸疑，成為溫暖又神祕的猜想。

・翁琪評：

害羞的小椒圖，一點一滴的拼湊著哥哥們對媽媽的印象，對於畫畫任務，有些害怕又有些膽怯。現實生活中，我們也會避開自己害怕的東西，害怕雖然不能解決問題，但是卻能警惕自己不要重蹈覆徹，也會幫助我們一天比一天更強大。

・黃若華：

接下爸爸的苦惱，從開始的不知所措，到自我探索和挖掘，真心想透過畫像找回媽媽的溫暖和信任，同時也充分描繪出不同性格的龍兄弟們，尤其是愛健身的大哥，羨慕奧運賽選手戰績的模樣，暗喻著我們在現實人間，只要夠努力付出，神龍也會看見、羨慕這些才能。

・黃秋芳：

龍生九子，各不成龍；但也在黝暗的人間跋涉中覷見光影，從而理解各有所長、各有所好。從二〇一〇年接生《食神小饕餮》開始，又在二〇一六年後開展成《龍族英雄》系列，迎來贔屭和蒲牢的冒險，繼而隨著狴犴、饕餮、螭吻，在完成任務時活出精采的樣貌。這年七夕，小椒圖為了完成愛的任務，依序拜訪贔屭、螭吻、蒲牢、狴犴、饕餮、蚣蝮、睚眥、狻猊八位哥哥，同時也完成了多元而緊密的龍族拼圖。

卷三・在故事裡顯影

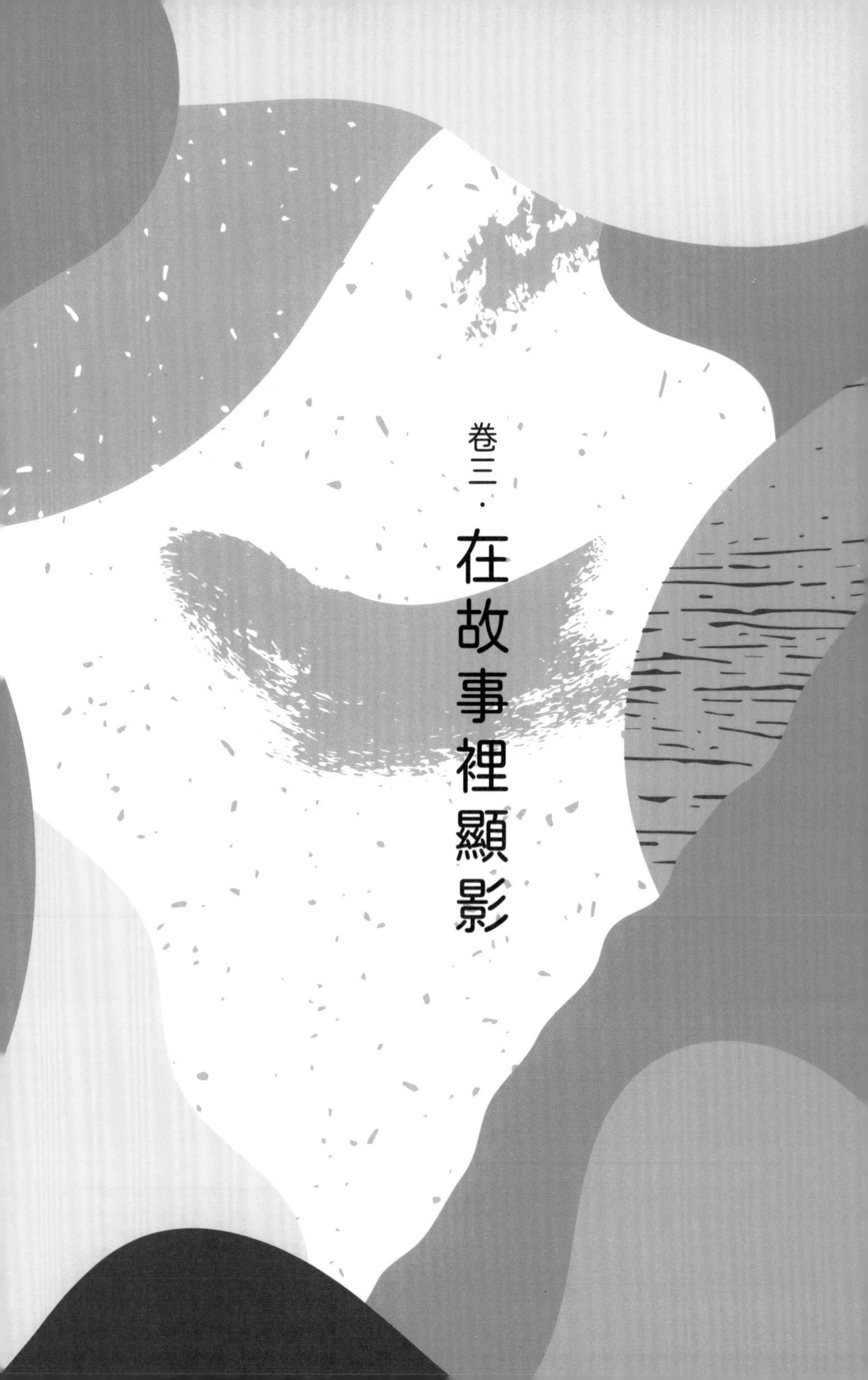

君偉的迷宮小學

王淑芬

插畫／劉彤渲

作者簡介

童書作家、手工書達人。曾任小學主任、美勞教師、電視台文學節目顧問與主持。著有「君偉上小學」系列、「愛思考的貓巧可」系列，小說《我是白痴》、《一張紙做一本書》等童書與教學用書六十餘冊。

童 話 觀

我喜歡在現實中，創造出另一個平行宇宙，這個想像的童話宇宙，會有點怪、有點亂、卻也新鮮好玩。童話不一定要有大道理，但必須要有不可思議。

預計開學的第一天，沒事，第二天，沒事。怪事發生在延期兩天後，確定開學的第一天，也就是九月一日。

早上七點三十分，君偉一如往常，跟好朋友張志明一起上學，兩人邊走邊聊，聊得太開心了，竟沒發現走到一條地上寫著「開始」的路口。

學校怎麼不見了？

兩人東張西望，看見路邊樹上坐著一隻巨大毛毛蟲，身上掛著煙斗，與一塊牌子：「戒菸第一天。」抽菸的毛毛蟲？難道他們來到《愛麗絲漫遊奇境》裡的奇境？如果是這樣，接下來應該還會遇見微笑的貓與度度鳥。

張志明決定：「不如我們今天就走這條路。」君偉也同意，因為如果遇見大家都說已經滅絕的度度鳥，他準備拍照，寫篇嚇死全世界的驚奇報告，說不定能賺到五百元，可以買他思思念念的巨無霸獨角仙。

誰知道走沒幾步路，眼前就出現一隻巨大獨角仙，大吼：「你們兩個上學又遲到了，罰站。」

張志明也大吼：「我們是人類小孩，不讀昆蟲小學。」

獨角仙又吼：「原來你們想翹課？」凶巴巴的獨角仙靠近張志明，忽然又大叫：「等等，你們沒有翅膀，我的兩萬隻眼睛都看得很清楚。沒有翅膀的動物，滾！」

君偉拉著張志明明快快離開，拍拍胸口：「沒想到世界上有脾氣很大的昆蟲。」

「而且還看不起沒有翅膀的人。」張志明嘆了一口氣。「如果我有翅膀，每天從床上飛到教室座位上，便不會遲到。」

不過，他又補充：「如果我真的有翅膀，我應該不會飛到教室，而是……」

「童話小學。」一個長得像仙女一樣的仙女，拍動著翅膀，停在他們眼前，接話了。

「本校已有千年歷史，你們是第一個遲到的學生，可憐的孩子。」

君偉連忙解釋：「其實我們是迷路了，找不到學校。」

仙女姐姐笑了：「迷路是個好理由。不過，我得先問幾個問題，確認你們是不是

戒菸中
START

本校的學生？」

第一題：一加一等於多少？

君偉立刻答：「二。」

仙女姐姐搖頭：「錯，正確答案是三。童話裡的媽媽們，生完一個，又生一個，必須再生第三個才行。你們忘了學長三隻小豬與灰姑娘的故事嗎？」

第二題：為什麼要上學？

這一題張志明搶答：「對啊，為什麼要上學，應該要下學才對。」

仙女姐姐又搖頭了：「錯，正確答案是：不要回答。」

「為什麼？」兩個人一起大聲問。

仙女姐姐解釋：「因為如果你有答案，表示你不需要這個問題。」

「聽不懂。」兩個人又一起大聲說。

第三題：童話小學的校規是什麼？

這次兩個人學乖了，緊閉著嘴巴不回答。

仙女姐姐等了三秒鐘，不耐煩的揮揮手：「答不出來，滾。」

「沒有耐性！」「至少要等五秒。」「身為仙女，說出滾這個字，超沒氣質。」「我們才不想讀童話小學哩，竟然還有校規。」兩個人說完無數的抱怨，垂頭喪氣的繼續往前。

來到雙岔路口，咦，向左走，還是向右走？

張志明建議：「拿出手機搜尋一下。」

可惜，這裡沒有網路，手機裡一點訊號都沒有。

「這樣好了，我們來猜拳，由贏的人來選邊。」

但是，要猜哪一種拳呢？剪刀石頭布、超人拳，還是北斗神拳？

有聲音從右邊的路傳過來：「想讀好運小學的人請走右邊。」

另有一個聲音從左邊的路傳過來：「想讀惡運小學的人請走左邊。」

「喂！請說清楚，好運小學與惡運小學有什麼不同？」看來，張志明頭腦很清楚嘛。

右邊的路說了：「好運小學就是上學時是好運，但放學時是惡運。」

猜也猜得到，左邊的答案是：「惡運小學就是上學時是惡運，但放學時是好運。」

於是，兩個人在路口討論：「先好運再惡運，先惡運再好運，哪個比較好？」

張志明說：「為何不能從頭到尾都是好運？」

君偉也說：「說不定好運就是惡運，惡運其實是好運？」

兩個人大大的嘆氣：「為何要欺負小孩，我們只不過是想上學，享受下課十分鐘的快樂啊。」

張志明說：「人生好難。」

可是，還是得選一個方向走啊，難不成要停在原地？

「對了，我們可以回頭走看看。」君偉覺得張志明這個意見不錯。從一早出門到現在，兩個人迷了這麼久的路，連肚子都餓了。

肚子餓的時候，該怎麼辦？張志明說：「我們來想想美味可口的食物。」

「沒錯，如果班長陳玟在，她會說，這叫望梅止渴，畫餅充飢。用想像力戰勝飢餓感。」君偉說完，忍不住又懷疑：「想像力真的會讓人從很餓變得不餓嗎？還是愈想愈餓？」

不管了，兩個人開始玩起飢餓遊戲。張志明還想起：「九月有中秋節耶，我們來試試能說出幾種月餅的口味。」

兔子味、嫦娥味、吳剛味、阿姆斯壯味、隕石味……，咦，月餅有這些口味嗎？沒關係，這是童話啊。

——原載二〇二一年九月一日「黃秋芳創作坊」個人新聞台

編委的話

・周芯丞：

人生的進程真的太長遠了，所以總是會走到一半就想回頭有放棄的想法，但即使往回走，也不見得能走回原點，就像迷宮。這時的我們，是向左？向右？還是停在原地？先思索後，再走向最佳的選擇，就是要持續且不斷的挑戰。大家都愛體驗的迷宮，怎麼會變成小學呢？開學延後，充滿分岔和選擇的路口，在迷路中，轉出讓人驚喜的想像力。

・翁琪評：

我們在迷宮裡探險，總會猶豫下一步要踏往哪裡？這就好像是人生路上總是充滿各種不同的岔路，而每個選擇會帶領我們走向不同的路，經歷不同的過程，或許路上風光明媚，或許充滿荊棘，只要能保持樂觀正向的心，就能讓自己越來越厲害，就像故事裡的君偉一樣。

・黃若華：

以上學路途開啟奇妙的冒險旅程，帶入時事，也為動物注入了有趣、生動活潑的靈魂，打破仙女固有形象，提出沒有絕對的好運和惡運，也看開人生的種種選擇，只是想回到學校體會那十分鐘純粹的快樂，卻意外領悟了生命流動的意義，讓我們相信，生命中的美好就如童話般，如此純粹、幸福。

・黃秋芳：

華人世界最有名的小學生張君偉，從一九九三年出生到現在，經歷二〇〇六年整形、二〇一三年二十歲變身，現在二十八歲了，還沒上國中，仍然是各種年級校園故事的「開山祖師」兼「最潮偶像」。直到現在，無論是面對自我的誤會報告、還是面對世界的節目報告，神力不斷晉級，總有獨特的觀察和領略。開學日迷路，當我們面對疫苗分配、線上實體的諸多拉鋸時，他只悠然享受著所有不確定的歷險和發現，收尾精巧，讓人真切感受，生活就是童話裡的月餅，什麼口味都好。

瘟魔的角

邱常婷

插畫／李月玲

作者簡介

一九九〇年春天出生，東華大學華文所創作組碩士畢業，目前就讀台東大學兒童文學研究所博士班。出版有小說《怪物之鄉》、《天鵝死去的日子》、《夢之國度碧西兒》、《魔神仔樂園》、《新神》、《哨譜》。

童話觀

我想童話不單純是天馬行空的幻想，也是通往孩童內心世界的密語，讓現實增添趣味與新奇。

小薰和她的好朋友，早在十月初就開始準備萬聖節裝扮。原本學校因為疫情的關係取消派對，幸好後來狀況控制得不錯，學校在不久前公告不會取消萬聖節派對。女孩們興致勃勃，熱切討論要扮演小丑女、神力女超人、泡泡糖公主或者彩虹小馬。

小薰的朋友們早早就決定了，但小薰還不知道自己要扮裝成什麼才好，她無比煩惱，也很困惑，萬聖節不是應該扮成妖魔鬼怪才對嗎？她的朋友們偏偏都不願扮醜，想到這裡，小薰暗自下了決心，無論之後她要扮成什麼，都不想跟她的朋友一樣是漂漂亮亮的模樣。那樣太沒有挑戰性了！因為小薰是恐怖片的重度愛好者，她認為既然是萬聖節，就一定要讓所有人嚇死，懷抱著如此信念，小薰戴上口罩，在傍晚時分走出家門，想到附近的材料店尋找靈感。

小薰記得，那天的空氣有些微涼。她途經公園，在公園的樹蔭下看見一名瘦弱的男孩，年紀只比小薰小一點。男孩站在陰影中，黑眼圈很深，看起來病懨懨的，像是一個幻影。

小薰記得媽媽說過，公園裡常常會有走失的小孩子，她想這個男孩肯定也是跟家人走散了。她上前問：「你怎麼了？為什麼一個人在這裡呢？現在在外面還是要戴口罩喔。」

說完，她把一個乾淨、全新的口罩送給男孩。男孩彷彿被小薰的動作嚇到，接過口罩，惶恐不安的躲在樹幹後，一面小心翼翼的戴上口罩，一面回答：「我、我很寂寞，又無聊……就瞞著爸爸跑出來。」

小薰仔細打量男孩，發現男孩頭上長著兩隻小小、尖尖的角，她猜測男孩肯定也是在為了月底的萬聖節派對做準備。小薰拉著男孩的手，興奮的說：「你也想打扮成可怕的鬼怪嗎？太好了，我正要去材料店買材料製作服裝，你目前的打扮看起來已經滿陰森了，但還差一點，跟我來吧！」

男孩的手冰冰涼涼，比十月的風更冷，但小薰並不介意，她牽著男孩到材料店買布、針線以及亮片，買完還邀請男孩到自己家裡一起製作服裝。

他們在小薰的房間裡嘰哩呱啦地製作萬聖節時要穿的服裝，小薰個性活潑又熱情，很快就打開男孩的心房，讓他也跟著自己嘰哩瓜啦。小薰問：「你叫什麼名字？既然也要參加萬聖節派對，應該跟我同校，不過我從來沒有見過你呢。」

「我叫……阿九。」男孩害羞的說，由於他對針線一竅不通，最終決定在白色的布上挖個洞，罩在頭上打扮成鬼魂就好。

「你確定要扮鬼？感覺很無聊欸，其實你原本的樣子就滿像是某種鬼怪了，你還有一對很逼真的角，既然是這樣，為什麼還要用布遮擋起來？」小薰伸出手想摸摸阿九頭上的小角，阿九卻滿臉通紅的避開。

「嗯……其實，扮成什麼都可以。」阿九的手扭扭捏捏的拉扯著白布：「我是一個瘟魔，從來就沒有朋友，所以你說的派對，我根本不知道……但聽起來好像很好玩，不知道可不可以帶我去？」

小薰呆呆的望著阿九，隨後默不作聲取出手機，打開網路開始估狗。她查到在很

久以前，瘟魔出現會讓人生病，直到有個英雄用茱萸和菊花酒讓人避免染疫，再以寶劍降伏了這個會帶來瘟疫的妖怪……據說這是九九重陽節的由來。小薰是個聰明的女孩，她又比對了日期，發現這天便是農曆九月九號，就轉頭看向面前一臉無辜的阿九，無奈的問：「如果你是瘟魔，你會讓我們全家生病嗎？」

「我還太小了，不會讓人生病。」阿九指指頭上的小角回答：

「但你不要碰到我的角，如果碰到會得小感冒，只要睡一天就會好。」

「你真的是瘟魔嗎？感覺好弱喔。」小薰忍不住取笑他。阿九聽了不甘示弱：「我年紀還小，當然弱！但我爸爸不一樣，他是個厲害的瘟魔，就連你們現在出門要戴口罩，也是因為他喔！」

小薰想起持續近兩年的疫情，不禁垂下肩膀，發出嘆息，那模樣讓阿九急忙上前安慰：「但、但是你們也很厲害！我爸爸他快被你們累慘了，我想最後一定是平手！」

「我不知道會不會是平手。」小薰輕輕的說：「不過，我也不認為我們就是敵人。也許未來，人類總是要學會和你們共處。」

打從小薰第一次見到阿九，便注意到了他眼底的寂寞，此時阿九聽見小薰的話，黑眼圈鑲嵌的眼睛變得紅通通，他緊張的問：「真的？你願意當我的朋友？」

小薰笑起來，想像月底帶著阿九一起參加學校的萬聖節派對，她突然有了靈感，決定扮成一隻瘟魔，她和頭上罩著白布假裝是鬼魂的阿九一起在派對現場跳舞，沒有人知道阿九是一個真正的妖怪，多好玩！

「當然，我也可以帶你一起參加萬聖節派對。」小薰打了個呵欠：「不過你要有心理準備喔，學校的萬聖節派對超瘋的，可能會累到明天都不能上課。」

小薰看了看阿九，再次笑出聲：「也沒關係，要是不想上課，我就摸摸你的角，請媽媽幫我跟學校請假，就可以在家睡懶覺。」

阿九無奈的喊道：「我的角才不是這樣用！」

——原載二〇二一年十月十四日「黃秋芳創作坊」個人新聞台

編委的話

・周芯丞：

這麼長久的激烈戰鬥，究竟何時才會真正結束呢？在大家努力控制疫情中，病毒跑出來說話，誰都需要朋友啊！最後要小心小尖角，讓人忍不住展開微笑。

• **翁琪評：**

萬聖節派對前的討論，呈現在近兩年的疫情中，如何學習與病毒和平共存，希望能找出對雙方最好的方法。透過這些對話，讓我們從滿滿的負面看法，轉變成從不同的角度觀察，至少能從稍微樂觀的態度思考。

• **黃若華：**

把病毒擬化成孤單的小男孩，將人類和病毒對抗的疲勞，變化成瘟疫的延長賽。人類不應該把病毒視為敵人，而是該思考如何和病毒共存，最後「要是不想上課，我就摸摸你的角！」的俏皮可愛和無奈回應，極具童話的天真爛漫之感。

• **黃秋芳：**

逃離俗世追逐的小薰，回到萬聖節扮醜的最初；知道自己還太弱小的阿九，提早領略過於強大的寂寞和無聊。就這樣相互靠近吧！以「絕不是夢、卻近於夢遊姿態」的自由縱恣，有滋有味的纏疊出怪物、魔神、夢國、新神……，復生一個奇幻得非常真實的世界，透過死亡和重生並存的侷限和掙扎，摜擲著青春冒險的活力，嘗試，翻騰，到最後又在不得不接受的悵然中，活回當下真實，最後的「不想上課也可以睡懶覺」，把無奈表現得精巧真摯，竟透出薄薄的歡喜。

不遲到藥丸

岑澎維

插畫／吳嘉鴻

作者簡介

台東大學兒童文學研究所畢業。出版有《小書蟲生活週記》、「找不到國小」系列、「原典小學堂」系列、「成語小劇場」系列、「經典神話」系列、「安心國小」系列、「ＡＱ挫折復原力繪本」系列等書。

童 話 觀

寫一個故事，就像享受一頓輕鬆的下午茶。準備好，我們可以開始了！只要沉醉其中，故事自然降臨。

立冬之後，天氣冷了。找不到山上的楓樹，讓冰涼的微風打通了血脈，通出一身紅通通的好氣色。

天一冷，找不到山上的霧就更濃。又冰又濃的霧氣裡，被窩是最舒服的地方，沒有人會想要離開。

貪睡的阿當總是捨不得離開被窩，公雞都叫到不想叫了，鬧鐘也響到沒聲了，再睡「一下」的阿當才慌慌張張的起床，拔腿就跑。

帶著還沒刷的牙，還有一張沒有洗的臉，趕到老周叔叔的老屋子。老周叔叔早就載著早起的孩子，乘著木桶飛船，飛到找不到國小去了！

沒趕上飛船的阿當，只能乖乖的、乖乖的一步一步走路上學。

每年十一月，就是找不到山上的百年中藥店裡，生意開始繁忙的時候。

好像在為接下來的冬至進補作暖身，中藥店的生意越冷越旺盛。老闆和兒子，兩雙手像四手聯彈一樣，迅速又準確的抓藥、秤藥。

冷冷的天氣裡，「不遲到藥丸」是百年中藥店裡銷路最好的神奇寶貝。那是用找不到山上隨處可見的拉滋里滋烏魯拉草熬製，然後做成黑亮亮的藥丸。

大家都知道，晚上來顆不遲到藥丸，隔天保證不遲到！

不遲到藥丸總讓人口渴想喝水，水喝足了，不遲到藥丸會在九個小時之後，準時發揮作用。

比霧還濃的尿意，叫人不起床也難，再不起床就等著尿床吧！所以，不管會不會遲到，十一月的找不到山上，每個小朋友都會在九點準時吞下一顆不遲到藥丸。

為什麼要在十一月不遲到啊？因為十二月的運動會就要來臨了，十一月是練習的月份，不管是拔河的練習、樂樂棒擲遠的練習，大隊接力、大會操、大會舞……所有跟運動會有關的練習，都排在早上還沒有上課之前。

沒有人想遲到，可是被窩又太溫暖，所以百年中藥店裡，物美價廉的不遲到藥丸，總在冷冷的十一月開始熱賣。

會遲到的小朋友自動來一顆，因為練習的時候，一個人都不能少！

練大隊接力少了一個人，默契就差了、練拔河少了一個人，什麼都別做了！甜甜酸酸的不遲到藥丸，是找不到山上百年中藥店裡暢銷的「黑珍珠」。

排在運動會之前，十一月的迷霧馬拉松就要登場！沒有規定的路線，只要去到山頂那棵張牙舞爪的古松下，跟抵達卡老師拿張「抵達卡」，再跑回學校，就完成了整個迷霧馬拉松。

練習這麼久、自由排列出最佳路線，一年只有一次的迷霧馬拉松，一定要好好大展身手——這個更不能遲到！

可是前一天晚上，阿當又忘記了，他忘了該吞下的那一顆不遲到藥丸，他忘了該聽公雞和鬧鐘的勸告，他還在留在暖暖的被窩裡，做著甜甜的夢。

最有冠軍可能的阿當，竟然在這麼重要的日子遲到了！大家集合在一起，一切都準備好了，大家眼巴巴的都在等阿當。

老周叔叔一早沒看見阿當來搭船，就知道一定又遲到了，他早早把船弄回老屋前，好讓阿當有船搭，可以早一點到學校。

可是一直沒看到阿當出現。這可怎麼辦才好？慢慢來老師輕輕的著急，但是阿當還是沒有出現啊！怎麼辦、怎麼辦、怎麼辦才好？

隊伍就要出發，路徑自由、目的地一致的迷霧馬拉松開始了，找不到校長決定不等了，他鳴槍開跑——全校的小朋友沒有往山上跑，都往阿當家的方向

去！

贏過阿當才有光彩啊！大家都想贏過他，沒有了阿當，贏得不夠風光。

帶著惺忪的睡眼上路，阿當好感激大家！一切都上軌道了，隊伍往山上慢慢挪移，運動時終於可以脫下口罩大口呼吸，這濃濃的霧氣是找不到山上最新鮮的空氣。

冷冷的空氣裡，大家還是有一點點擔心：今年遲到的戶外教學活動、遲到的第三次評量、遲到的畢業典禮……最後它們都沒有來到！

「運動會」會不會又「遲到」了呢？

除了祈禱，還能做什麼？

初冬時節，找不到國小的操場上，掛起了一小串、一小串黑珍珠似的小果子，那是用針線串起來的不遲到藥丸，油油亮亮、有長有短，串串都是小朋友的期盼。

找不到國小的孩子，希望運動會不要遲到，他們相信，操場吃了「不遲到藥丸」，也會像他們一樣守時不遲到！

找不到山上的百年中藥店，老闆和兒子，每天賣力生產不遲到藥丸，不知道為什麼，也紅到山下去了。

雙十一購物節來臨了，百年中藥店裡湧進許多遊客，他們到找不到山上，要來買不遲到藥丸。他們聽說了不遲到藥丸的妙用，他們也希望學校的運動會不要遲到，所以來幫操場買不遲到藥丸。

拉滋里滋烏魯拉草雖然隨處可見，老闆卻沒有想到，會有這麼多顧客專程上山來買不遲到藥丸，小小的中藥店裡，沒有這麼多新鮮現做的藥丸可賣。

沒有網購、沒有宅配，面對這麼多的顧客，百年中藥店還是跟大家好好的溝通了一下：「別急別急，只要找不到山上的運動會不遲到，到處的運動會也不會遲到啦！」

雖然這樣，大家還是不放心。不管靈不靈，那一串一串掛在樹上的黑色珍珠，就是孩子們一串一串的希望。沒買到不遲到藥丸的遊客，還是買了冬令進補的中藥才回家。

「下個禮拜再來吧！」百年中藥店裡的雙人抓藥舞還在繼續，老闆和老闆的兒子，還在熬製不遲到藥丸，只是產量不多，請大家包涵。

如果你看到學校的大樹上，掛著一串串黑黑亮亮的小果實，沒有錯，那就是不遲到藥丸，大家都希望今年的運動會準時出現、不會遲到！

——原載二〇二一年十一月十日「黃秋芳創作坊」個人新聞台

編委的話

・周芯丞：

不遲到真的很難！所以，遲到是大家一直以來的煩惱。世界上真的有不遲到藥丸嗎？小學生上學的最大煩惱就要解決了嗎？顯然，大家還是得耐心溝通，慢慢來，才能準時報到。只要保持正能量，煩惱就拋到九霄雲外。疫情延燒，讓冷冷的冬天更寒冷了，只要疫情稍緩，運動時可暫時脫下口罩，大口吸入新鮮空氣，這不就是疫情之前的生活嗎？原來，「正常」這麼值得珍惜。

・翁琪評：

遲到，是每一個人的噩夢，它總會帶來不好的結果，但是，失敗了一次又一次，總想著扳回一城，所以鐵杵磨成繡花針，恆心和毅力會帶我們到不凡的高度。在那個高度上，達成自己的目標，我相信，有一天生活將不再是噩夢，而會成為心中的好夢。

・黃若華：

將父子在中藥店抓藥材的模樣，微妙比喻為四手聯彈，讓人在腦海中產生畫面。大家的擔心不再只是自身，而是怕一個個活動都會因疫情而「遲到」，失去和朋友們聚在一起奮鬥的機會和美好時光，不遲到藥丸就成為人們的心靈寄託。

・黃秋芳：

守在純真邊界，從終年雲霧圍繞的「找不到山」，領著大家找到勇氣、信心與力量。真摯的文字，撫慰著孩子的心，當生活從疫情的惶惶不安中，慢慢長出希望的新芽，熟悉的阿當，以及各種讓人確定得不能更確定的奇人、異事，重新回到我們心中，感受整個世界的嘗試和努力，像神祕藥丸的精心熬製，活躍如運動會的新鮮生活，永遠不會遲到。

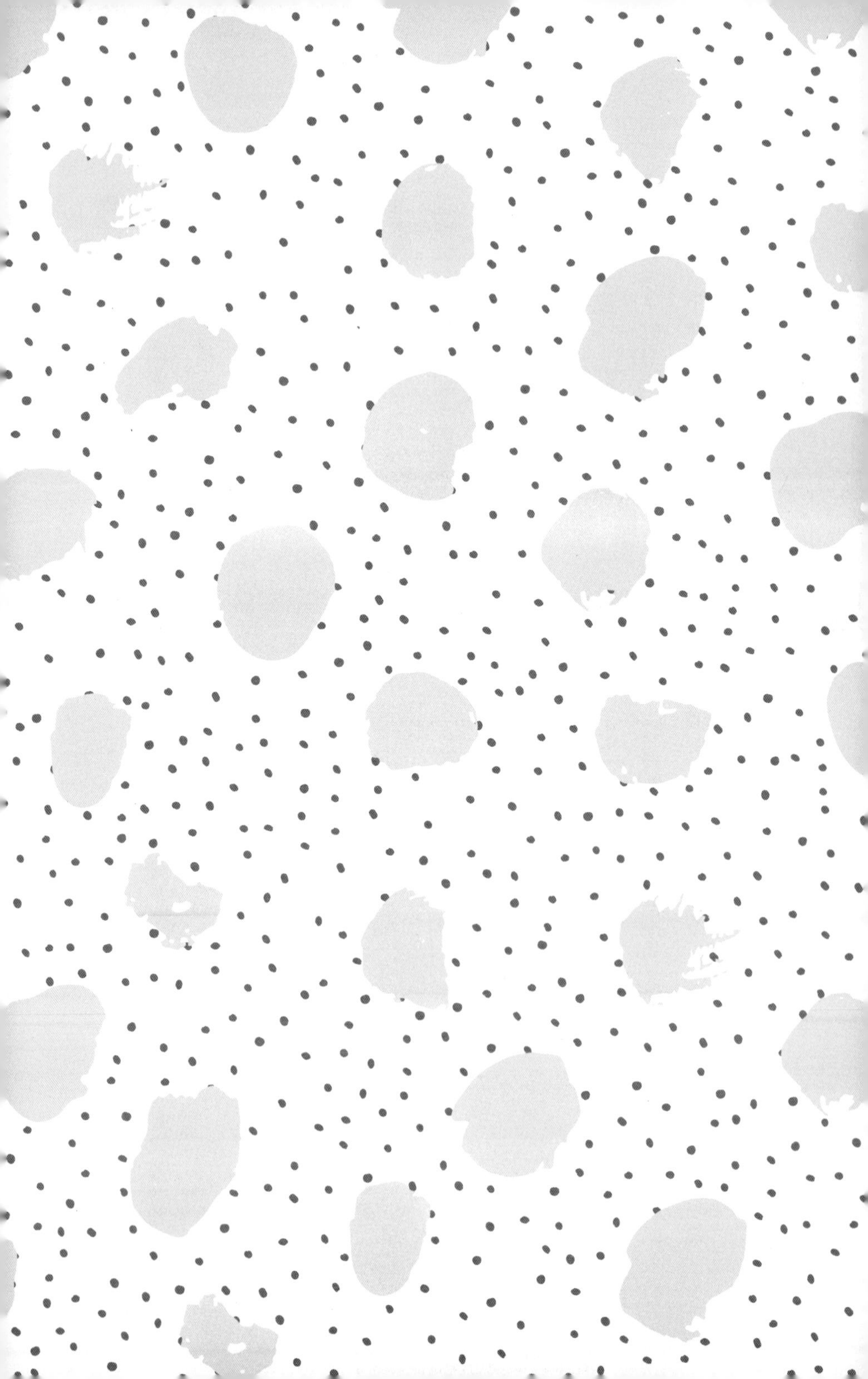

未來的每一年

陳郁如

插畫／吳嘉鴻

作者簡介

出生於台灣，目前旅居美國。著作有《修煉》、《仙靈》、《養心》等奇幻系列小說，《華氏零度》、《追日逐光》、《我的一簾柿餅》等散文。

童 話 觀

用童心來看世界。

在上古時期，有個村莊裡住著一群生活純樸的人。大家安居樂業，唯一的憂慮來自每年的最後一天，冰雪覆蓋天地的夜晚。在這一天，村裡的祭師會在村子裡的三歲孩童中，選出五個送到山裡。

根據世代流傳下來的傳說，高山上住著一群神獸，這些神獸性情暴烈殘忍，喜歡下山吃人，甚至毀滅村落。他們這個村落之所以還每年安在，就是因為他們有祭師保護他們，每年供奉五名三歲孩童給神獸們，讓神獸們開心，他們就不會來進犯村落，確保下一年全部村落人民的安康。

村落裡有一名十四歲少女，玉露，她三歲時幸運的沒被選上；但是，今年的最後一天，祭師告訴他們，她弟弟很榮耀的被選上，當晚要送去山裡。父母親當場跪倒在地上痛哭，玉露也難過得全身發抖，淚流不止。

玉露不能理解，為什麼村子的人不反抗？如果團結起來殺了神獸們，大家都不必再擔憂了。只是，每次她跟村子的人提這件事，都會被嚴格制止，他們認為，祭師已經找到保護大家的方法，雖然要進獻幾個幼童，但是來年會全村平安，這是值得的。

玉露擦擦眼淚，決定反抗這個懦弱的制度，自己去救弟弟。她帶上一把劍，除了防身外，也計畫殺了這些神獸們，這樣就再也不會有供奉犧牲的事情發生了。

祭師派出五名勇士，強行帶走五名幼童，往山裡走去。玉露帶著劍，悄悄的跟在他們的後面。五名勇士把孩子們帶到山腳下，就匆匆離去。玉露躲在濃密樹叢中，耐心等候。沒多久，天上出現五朵黑雲，玉露抬頭看，黑雲盤繞在空中一會，然後慢慢降低，落到地面後，變成五隻神獸。

一隻有一對翅膀的老虎，那是窮奇；一隻是口裡噴著煙的獅子，那是狻猊；一隻黑羽單足的大鳥，那是畢方；一隻是有白色尾巴的灰牛，那是那父；一隻是長了三隻腳，有翅膀的大蛇，那是酸與。這些都是傳說中的大惡獸。玉露屏住呼吸，不敢發出一絲聲音，看著這五隻神獸來到這些幼童面前，窮奇嘆了口氣：「每年這天，這些人就把孩子們丟在這裡，唉。」

「對啊，冰天雪地的！這些人類真殘忍。」那父不滿的說。酸與露出慈愛的眼神：「可憐的孩子們。」

「我們還是把他們帶回村落吧！」狻猊伸出獅爪摸摸孩子們的頭說。畢方點點頭說：「還好遇到我們。」

玉露本來打算趁他們不注意的時候跳出來，殺死這些神獸，但聽到他們的對話，整個愣住了。他們覺得人類對自己的小孩殘忍？他們想要幫助這些小孩？他們還有另一個村落可以去？

這是怎麼回事？

五隻神獸，或背，或扛，或抱，帶著這五個幼童往山上去。玉露悄悄的跟在他們的後面，發現這些神獸都很小心的保護著這些孩子們，沒有想像中的可怕殘忍。他們穿過積雪森林，踩過高低的岩石，來到一個空曠的草原。玉露驚訝的發現這裡聚集好多人，有大人，有小孩，還有一些神獸，不管是人、還是神獸，大家都輕輕鬆鬆，面目和善的聚在一起。

「啊，他們回來了。」，「又帶回小孩了。」，「這些人真是可惡！」大家圍著孩子們，情緒激動，議論紛紛。玉露忍不住站出來。大家看到她都非常驚訝，窮奇沉著臉問：「你是誰？」

「我叫玉露，是來救我弟弟的。」玉露指著窮奇背上的小男孩說。小男孩看到姊姊出現，非常高興的跳下來，跑來抱著姊姊。酸與皺著眉問：「救你弟弟？這是什麼意思？」

「你們為什麼把我弟弟帶到這裡？」玉露大聲責問。那父和緩的解釋：「每年年尾寒冬時，山下的村落就會遺棄小孩，我們帶他們回來，讓他們免於被凍死。」

「所以，你們沒有打算吃掉他們？」玉露疑惑的問：「村子裡每年都貢獻孩童，因為神獸們會吃人，還會進犯村子，所以這五名孩童是被選出來讓神獸吃的。」

她的問話惹來一陣大笑，玉露被笑得面紅耳赤。那父指著這群人：「哈哈哈，我

們不僅不吃人類，還把這些小孩養大。」

「那你們為什麼囚禁這些人，不放他們回村落？」玉露疑惑的問。窮奇大聲問著這些人：「你們想要回村落嗎？」

「不要」，「他們遺棄我，我才不要回去」，「這裡的人跟神獸都好善良，這裡才是我的家。」大家七嘴八舌的說。玉露急著辯解：「不，不是這樣的。我們一直以為神獸愛吃人，不得已，才把小孩放在山裡。」

她的話讓大家一陣譁然，有的不相信，有的質疑，議論紛紛。

「看來，這裡有些誤會了。」狻猊揮手讓大家安靜：「兩邊的人都用自己的角度看事情，堅持自己是對的那方，把對方當成可惡的人，其實只是少了溝通。」

「所以，我們以後都不用貢獻孩童了？」玉露問。畢方拍拍翅膀，語氣肯定的說：「我們沒有吃小孩，沒有想滅村這回事，當然不用！」

「那讓我帶我弟弟回去跟大家解釋，他們一定會很高興！」玉露好開心。窮奇說：

「當然，還有另外這四位孩童，也請你一起帶回去。」

「我跟你一起回去吧，幫你解釋。」一個男子站出來說。另外一個女子也站出來：「如果我父母沒有惡意遺棄我，那我也想回去看看。」

「我也去！」、「還有我。」陸續又有七八個人站出來。玉露感激的說：「太好了，謝謝。」

她很開心，不僅可以平安的把弟弟帶回家，還終止幾世代以來的誤解，不再有孩童被強迫帶離雙親的事件發生了。再過來的新的一年，還有未來的每一年，大家都會平平安安的。

——原載二〇二一年十二月七日「黃秋芳創作坊」個人新聞台

編委的話

‧周芯丞：

每年的最後一天，是大家最開心、最期待一起歡樂跨年時刻，同時，過往的習俗，也都在預約幸福。世界上沒有永久的黑暗，總有光明到來！我們不能輕易向命運低頭！二〇二一年的疫情，會在二〇二二年結束嗎？跨年的最後一天，能迎接好的開始嗎？生活，永遠充滿著各種憂慮和害怕，只要撐下去，勇敢的挺身而出，一定會找到解決的希望。

‧翁琪評：

視覺是人的感官能力中認識世界的第一道關卡，第一印象或許很重要，但與人相處絕不能以貌取人，要用心與人交往，用心同理對方，人和人之間才能拉近彼此的距離，不同的種族與國家更能少一些偏見與衝突。

‧黃若華：

傳說不是事實，「怪獸」反而為這些被遺棄的小孩提供溫暖和幸福，提醒我們要有自我求證的能力，免得刺傷了自己和身邊的人。在經歷這一整年的風風雨雨後，人們所嚮往的就如同文末的祈願，平安就是福。

• **黃秋芳：**

在西方奇幻風起雲湧時，以女兒做創作原型，從《山海經》攫取靈感，煉造出「修煉」、「仙靈」、「養心」體系，在神獸、法力、會戰之外，注入生命信念和生活堅持，神祕而純粹，典雅而獨特，型塑出充滿個性的東方奇幻。「玉露」的諧音，就是「郁如」的文學顯影，藉由勇氣和力量，面對年年翻新的災難起伏，以及各種偏見對立的挑戰和難題，打破侷限，奮力改革，從不懈怠，直至未來的每一年。

主編的話

童話紀史，未來的我們會記得

黃秋芳

1 在想像裡造景

二〇二一年過得很倉促。十二個月，均分三份，第一個三分之一是「起筆」，撐過二〇二〇年的瘟疫狂潮，我們努力以一葉扁舟般的堅定，以及一些好運氣，且喜且奔，直到四月，剛準備寫出的歲華新章，就面臨考驗，一起被捲入全球共有的不安和凌亂；第二個三分之一，在五月的三級警戒被迫停頓，只剩「逗號」；最後的三分之一，勉力在時代狂流中泅泳、掙扎，在晦暗中，看見一點點「續章」的光亮，所有的生活都變成最特別的故事。

像這本特別的年度童話選。記得，二〇二〇年回鍋編選童話，決定變更編制，並置一本邀稿、一本媒體稿，打破固定的童話發表模式，相互對照。那時不曾預想，小評審不懂得作家知名度，盛情支持寫作邀約的知名作家，最後沒有入選，成為這一整年緊繃著神經的反覆為難。

二〇二一年，呼應我在《兒童文學的遊戲性：台灣兒童文學初旅》書中的文學旅程，從中世紀歐洲開始，藉由英國和北歐、歐洲和北美、西方和東方、俄羅斯和日本兩兩對立、卻又不斷推進的理解和拆解，初步演現世界兒童文學史，再推衍出華文世界的多元面貌，兜住台灣文史、土地聯繫、生命禮俗、民間文學與多元文化，為兒童文學注入豐富滋養，並且提出最寬闊的想像：**台灣的創作風景，能夠凸浮出世界地表，需藉由「體系書寫」，透過創作者一篇又一篇、一年又一年的相互勾連，形塑出屬於自己的小宇宙。**

就這樣，循著「體系書寫」的星體光燦，寄出邀請信。找出在台灣擁有代表作的創作者，分別素描十二個月間的新聞、節氣、慶典……，聚焦台灣觀察，不再像去年的「童話總動員」，戰戰兢兢，擔心誰會落選，卸下心理負擔，實在太歡喜了！

開年時的最初計畫，以林哲璋又香又甜的「點心人」，香甜地展開新的一年；再以既有的童話作家經典成績，墊高時間的書寫厚度；最後匯入九〇後年輕世代的跨界書寫，以邱常婷的魔神做轉折，用楊双子的華麗島花物語，為紛繁的一年提出瀲灩的收尾。幸運的是，在邱常婷獲頒一〇九年度小說獎前已先敲定，如果等到得獎後才邀稿，也太「錦上添花」了；楊双子寫了封長信，解說忙碌行程，因為沒有童話書寫經驗，怕耽擱，在審慎思考後辭謝邀約，這種真摯回應的心意，還是讓人感動。

最後的結集，林哲璋的「點心人」既現代又未來；顏志豪的「文昌帝君」和鄭宗弦的「紅龜粿」，是道地的台灣風情；施養慧從《白蛇傳》出走的邊緣視角、陳沛慈的龍族反叛和鄒敦怜的《山海經》新傳「南山先生」，從古典中鍛造出新意；王家珍說相聲的「虎大歪」和「狗小圓」、王淑芬上了三十年小學的「張君偉」，都獻出走進童話的「第一次演出」；林世仁從我屬意的「流星」體系轉到他偏愛的「不可思議先生」、邱常婷從日常魔神轉向奇幻瘟魔、岑澎維回歸找不到國小帶來生機、引領孩子們修煉和養心的陳郁如，在歲末期待未來的每一年都平安。

這樣的年度風景，簡直是以童話作史。能夠提出這些改變和整理，最感謝的是九歌的支持，給了編輯無限的自主權，讓我們得以天馬行空，在想像中造景。〈九歌〉是《楚辭》裡的神祭專章，帶著點超脫現實的「巫異奇幻」，迎神、頌神、娛神、送神的祭歌，把天上人間的思念和祈願，種在千萬年的千萬人心底，真的是最適合蘊養童話的原鄉。

這是我第五度編選童話年度選，只有一個標準，一定要好看！

好看的童話是一場**神聖旅程**。領著我們的孩子，在「什麼都可能發生」的童話王國，觸摸世界，在「認同角色」或「超越角色」的同理和同情中，匯成對生活的感覺和理解，隨著不同的界定和詮釋，建立信念，學習付出，為選擇負責，讓人生過得更完整、更柔軟。

創作亦然。我們為藏在身體裡的孩子，寫一篇純淨的故事，照見自己，成為一個更完整、更柔軟的人；剛好又和磁場相近的人共振，從大自然領略天地有靈，從各種原來並不特別注意的器物感受到萬物有情；最重要的是，穿走時空，重組生活侷限和各種惆悵回望，滋長出一種魔力，足以讓時間瓦解，缺憾圓滿。

2 在童話裡紀年

一月的台灣童話櫥窗，也是醫月，預告著病毒侵臨和醫療防護，是一整年的重要課題。當部桃群聚感染時，我們終於察覺，面對病毒惑亂，沒有人能夠做好準備，林哲璋從「點心人」系列接生出前所未有的「咖啡布丁人」，個子小小，信心滿滿的在「初場秀」——甲嗶！是當下珍惜的寓言，也是絕不鬆懈的預言，吃苦當吃補，就是我們最需要的勇氣和堅持。

二月在新、舊兩個年間交錯奔流，從黃河流域的「年獸」、長江沿岸的「爆竹」到台灣地震帶的「土地沉沒」，不同的傳說，呈現了迥異的地景。王家珍讓虎大歪、狗小圓拎著小田田回風島，透過挖坑、丟仁、踢土、踩實的春節「種寶」，好事「花生」，花繁日暖，讓天地神靈的親近和敬畏，衍生出更豐富的風景。

整個三月，宛如漂泊在汪洋中的小島嶼，一直等不到雨，水荒，侵蝕著乾涸的土地，花影不顧節氣，脫序的爭相急放。遊走在民俗傳說和奇幻浪漫邊界的顏志豪，陪著實習生狀元文昌，為準備蔥（聰明）和芹菜（勤快）的每一個人，預約幸福，努力在倉促趕路的人間，培育出慢慢綻放的智慧花。

四月時的「太魯閣號」出軌，揮霍著太多我們都無從想像的倉促離別，生死拔河，血淚和汗水抽乾了潤澤，水庫乾涸，四地限水，黯不見天的霧霾傾天而來。鄭宗弦疊合小龜精和紅米果，在清明時節，以紅龜粿安魂淨心，為愛祈福，觸摸著活著的每一個再平常不過的瞬間，讓我們真切感受，呼吸，說話，行走，想念，都是難得的福分。

五月終於等到一點點梅雨，全台大停電，三級警戒停班停課，林世仁請出不可思議先生造訪聖蹟亭，啟動倉頡充滿個性的文字宇宙，燒化疫病，同心祈雨。災難來時，打破框架就成為求生的必然，當戴上口罩的疫神笑了，晚開的桐花芬馥潔白，平凡小日子的滋味，竟這樣不可思議的美麗著。

六月是簡單而紀律的「宅風景」，一天一天重複的日子，慢慢變成一周又一周，遙遙無期的蔓延漫生。端午節，充滿文化象徵的鹿港，取消陣頭，街道淨空，幸好還有施養慧的小青導覽，讓我們在溫暖的台灣風情裡，凝視虛空裡的繁華，聆聽在變化中不斷精進、應變的無限活力。

七月的煙花颱風，成為從缺水到淹水的分界。天氣從晴朗轉為燠熱，鄒敦怜從《山海經》裡請出「南山先生」，在車前草加黑糖、相思樹找蟬蛻的日常經驗裡，幻生出巨人車前草和「腦蟬」惡獸，以充滿樂趣的諧音梗和後設閱讀，活化僵硬日常，三級警戒調降成二級，戴口罩變成「蒙臉女俠」，看起來，生活就要轉好了。

八月跨過劇力萬鈞的東奧，還有習慣被當作「鬼月」的農曆七月，情感最是稠密。無論是牛郎織女，中元普渡，水燈搶孤……，以及陳沛慈的龍族九子，都是對「美好生活」的盼望和渴求。七夕的禮物，在完成愛的任務同時，也窺見我們在希望和失望擺盪中的深情和韌性。

因為疫情不穩、疫苗搶缺，還有線上和實體的諸多討論，開學日延至九月，王淑芬讓張君偉在上學途中迷路了，讓我們在無休無止的憂心中，會心一笑，深刻領略，生活就是童話裡的月餅，什麼口味都好，文學可以迷路，絕不能趕路；教養應該「開」心，而不只是「關」心。

一〇九年年度小說獎得主邱常婷的跨界創作，讓我們接受和病毒共存的不得不然，也在十月節慶的日漸復甦中，感受到生活接回正軌的歡喜；所以才有機會在十一月立冬後，疫苗普及，生活慢慢正常，由岑澎維找不到國小的神奇藥丸，讓我們在購物節的經濟活絡中，走出災難，發現永遠不會遲到的生機；最後，陳郁如透過《山海經》的異獸真心，在年年翻新的災難起伏，以及各種偏見對立的挑戰和難題，打破侷限，奮力改革，我們的生命信念和生活堅持，就這樣在一年又一年延續的未來中，洋溢著勇氣和希望。

3 在故事裡顯影

好不容易走過這一年，十二則童話拼組出來的歲時誌，很適合做圖繪手工書，或者是畫成不同年度的月曆手冊，年年對照流光位移。

這樣的童話紀史，我其實還想像著很多可能。春甦時，邀桂文亞用一輩子的散文結晶「思想貓」來寫童話，拉開作者間的「時間差」，像音樂劇《貓》裡的那隻流浪貓，高踞山頭唱出〈Memory〉，照現台灣在「遙遠古代」提早出現的兒童思維，不只是成長中的共同記憶，更是文學發展櫥窗上的亮光；夏日微光是方素珍《祝你生日快樂》裡的小丁子，永恆的回溫；入秋後，想召喚哲也的「小火龍」，烘焙出無可取代的溫暖燭光；歲末最應景的是徐錦成的後設經典「方紅葉」，從徐克的《蝶變》到精巧的《江湖閒話》，到最後「童話列車駛進偏鄉」，讓我們跟著江湖記者瀏覽台灣文學風景。

雖然，桂文亞眼睛開刀，方素珍、哲也和徐錦成有不同的時間規畫，終究錯身而過。然而，每一個不同的編者，都可以各自在心裡構築出自己的童話體系，風景殊異，還是值得等待。

「體系建構」和「跨界書寫」，一直是我在跨入兒童文學後堅持追尋的指標。這一年的童話紀史，刻意在既有的「體系建構」中納入「跨界書寫」的可能。十二個作家從十二個體系中標示出「此時此地」，在流光走遠後的未來，我相信，總有一些微光，一定會記得，可以說，在作品發表的那一瞬間，他們都成為我心目中最後的年度得獎人。

只是，故事總會走到「最後的最後」。因為太多理性運作而無法抉擇的「成人迷惑」，唯一的救贖，就是純粹感性的「兒童純真」，我讓孩子們聚在獨立的會議室自行討論，簡單交代：「二十分鐘後，老師會進來和大家做最後決議。」

「決定好了！」當我推開會議室大門時，孩子們燦爛的笑了。就這樣，小評審無比強大的「純真魔法」，推開了成人協助，孩子們的意見記錄在〈剛好靠近，年度獎討論紀實〉，我接手的工作，只需要好好交代，孩子們最喜歡的年度得獎人，王淑芬。

這一年，博客來年度百大暢銷榜，王淑芬的書，擠進六個名額。「張君偉」和「貓巧可」是兒童視角的甜蜜體系；「親子教養類」的《寫出全文才有用》，不只是親子視角，其實也是創作者的折射，藉由書寫，把自己的「全才」，真正有用的貢獻給這個世界，從「君偉上小學」系列出發，幼兒詩、少年詩、散文、童話、生活故事、少年小說、科幻跋涉、閱讀、寫作、手工書，參與報時光的老照片懷舊，跨界書寫《年記一九六一：誰在路上走著》，在近三十年的時光凝眸中，開創出獨特的創作風景。

當我們為一種「想像中的兒童」，捏塑出充滿教育意味的兒童閱讀期待，王淑芬極早展露出「**現實的無解**」，《我是白痴》的悲抑、《地圖女孩vs鯨魚男孩》的孤立，沒有「從此幸福快樂」的大和解，只有在安安靜靜中的同情和理解，為嬉鬧歡樂的童年想像，拓墾出成長擺渡的「適應區」。

即使是天真淘氣的張君偉，也像現實標本，如實揭露生命每一個階段的摸索和學習，在歡喜、困惑和各種挑戰中，注入新鮮活力。與其說她那無從侷限的精巧創意，是驚人的想像力，不如說是一種「**純真的寬容**」，創造一切，同時也接納一切。

最後，也是最值得鄭重推薦的是，她的作品，無論是感性的故事、理性的科普，還是知性的教作，都帶著「**相互靠近的溫暖**」，打破平凡日常，把更多的可能兜在一起。

陪伴孩子們走過編選年度童話選的漫長過程，觀察著兒童觀點的自由選擇。剛開始讓所有的孩子們都一起閱讀、一起寫評論，好多很酷、很熱鬧、很開心的作品，在對話和書寫中成為焦點；從這些評論中，選出六名候選人，感受孩子們的沉澱和省思；最後確定的三位小編輯，經過一整年的大量閱讀和反覆整理，初相見的熱情慢慢褪去，王淑芬的張君偉，挑起記憶累積裡的情緒，無邊涯的渲染，讓我們在迷宮小學的奇幻開學中，同樣也感受到現實的無解、純真的寬容和相互靠近的溫暖。

剛好靠近，年度獎討論紀實

黃秋芳、周芯丞
翁琪評、黃若華

黃秋芳：

屆近歲末，「台灣童話櫥窗」十二月的作品一發表，三位小評審就依循著手中的童話初審表，在二〇二一年十二月十一日召開第一次決審會議。一開始，從得四票施養慧〈端午恐懼症〉開始討論，「頭腦清醒」的琪評提醒大家：「已得過童話獎的林哲璋、施養慧和林世仁，不列入評選。」

我先離席，預留二十分鐘，讓小評審們先獨立作業。提醒孩子們先討論三票作品；再重新檢視兩票和一票作品。我本來計畫在最後加入，陪孩子們做整體討論，像小飛機俯瞰土地，重新耙梳一整年的候選作品。沒想到，兒童思維和我們不一樣，小評審很堅定，首獎出線了！只有琪評決定，在文字紀錄裡保留自己原來的首獎。

初審入圍的另一位小評審黃子睿，在評審初選後領取一套《一〇九年童話選》時，已然開開心心接受結果，觀察三位小評審的決審會議，又想起心目中的首獎作品是陳沛慈的〈龍后的七夕禮物〉，很羨慕的說：「我也好想參加決審會議啊！」

一位在最初的海選中已然告別「候選」的孩子，跟著表態：「我們在課本裡讀過鄭宗弦的〈紅龜粿〉。米＋果，就是粿，我也想參加決審會議，為〈小龜精和紅米果〉爭取首獎。」

說真的，我也想讓更多的孩子參與這場決審會議。這樣，就可以讓更多的孩子知道，參賽，是一場人生的「歡樂嘉年華」，好好享樂就好；至於會不會得獎，需要幾分運氣，才能剛好靠近。

周芯丞：

評選時，我們三位小評審在一個小會議室裡，先寫出心中的前三名，竟然一模一樣，我驚訝不已。接著在討論時，有位同學提出了不同的第一名：〈蟬蛻〉；最後，還是回到原本的選擇，這個不一樣的第一名，像作文裡的變化，增添特別的感受。

1.〈**君偉的迷宮小學**〉：這是個大家都感覺非常溫柔的童話小學，突然出現「滾」的字眼，不只是缺乏耐性且沒有氣質，呈現出強烈對比，真是出乎我意料之外啊！最後在冒險途中，飢腸轆轆，還能發揮驚人的想像力，想出各式各樣的月餅口味，真有趣！也令人跟著垂涎欲滴，生活得更有「味道」。

2.〈**蟬蛻**〉：結合《山海經》和《南山先生的藥鋪子》這兩本書，為文章增添瀰漫的神奇氛圍。途中突然出現的奇人，讓人想繼續一探究竟，後面還有更多有趣的蟬蛻、凶猛的腦蟬、廣泛運用的車前草，把神祕的上古傳說之獸拉近，呈現著大自然無窮的力量。

3.〈**瘟魔的角**〉：在對付「病毒」如此強勁的對手，我們內心多少會有些無奈或不耐煩，甚至不想面對。不過仔細想想，事到如今，之前有多少流感像世紀流行病毒這樣，曾經有過這麼高的致死率？沒有這些過程，我們現在的醫療技術，會那麼進步？就像阿九和小薰說的一樣：「我們不是敵人，總有一天會和平共處。」

翁琪評：

一開始，我們意見都相同，異口同聲決定王淑芬的〈君偉的迷宮小學〉入選。秋芳老師說，我們的意見太一致，少了思考時的撞擊，我立刻提出，鄒敦怜的〈蟬蛻〉是我的首選，但其他兩位同學堅持選擇〈君偉的迷宮小學〉，最後還是按照原定選擇，我也想根據自己的排序，把〈蟬蛻〉放在第一名。

1.〈**蟬蛻**〉：故事裡的奇幻冒險和夢一般的情節，讓我念念不忘。因為在疫情中，現實和想像總被拉得很開，而〈蟬蛻〉帶領我走進想像的空間，體驗走入想像中的現實，讓我沉浸其中。蟬，蛻變了一次又一次，羽化出堅硬的翅膀，我也在閱讀的過程中，慢慢的讀出香甜的韻味。

2.〈**君偉的迷宮小學**〉：君偉參觀了各種不同的學校，每個角色的個性都特別鮮明，其中我最喜歡「仙女姐姐」從原本有氣質、很善良又會幫別人實現願望，到直截了當的向君偉他們說「滾！」，這樣的巨大反差，著實讓我嚇了一跳呢！

3.〈**瘟魔的角**〉：我最喜歡最後小薰的笑聲和阿九的無奈。其實，在疫情期間我們出入公共場所要登記實聯制，還得戴口罩、噴酒精、量額溫，其實非常麻煩而討厭，但心裡總想著：「撐一下就過去了」或是「這也是沒辦法的事」來說服自己，這時，最後的笑聲，更能投射在快樂但又有點感傷的我們身上。

黃若華：

和另外兩位小評審待在小房間裡，頗有在公司裡討論文案的感覺。一開始，我們意見都很一致，選擇王淑芬的〈君偉的迷宮小學〉。老師進來時相當驚訝，覺得我們的想法也太一致了吧！雖然後來有評審改變心意，選擇〈蟬蛻〉，不過最終的結果還是沒有改變。我們第一次的開會經驗，就這樣和平結束了……

1.〈**君偉的迷宮小學**〉：這個飽受疫情摧殘的一年，人們該真心理解的道理，包括「萬物並不是非黑即白」、「珍惜短暫幸福」等都在文中出現。病毒帶來了許多的不幸和痛苦，同時也在這混亂的年代把人們點醒，我們是否過度重視科技的發展，忽略了與自然之間的平衡？在這個時光流逝飛快的社會，許多人忘了自己曾經追尋的美好，也忽略了很多生活中的情韻，即便短暫，我們也該用心體會並珍惜生命花朵綻放的每一刻。

2.〈**蟬蛻**〉：取景於山中，使人暫時脫離口罩的束縛，彷彿自己就在感受那清新的空氣和熱情溫暖的陽光。如奇幻歷險的描寫和遭遇，使我跟著主角一起期待接下來又會有什麼奇獸出現？把我們從壓抑的現實帶到如愛麗絲夢遊仙境的世界，搞不好哪一天我也可以在路上遇見九尾狐狸呢！

3.〈**瘟魔的角**〉：藉由輕鬆愉快的對話，告訴人們，生命只要繼續走，總會有出路。從對立的立場觀察相處的過程，就可以發現，要笑著面對、克服萬難，把原本擋住自己前行的「坎」，跨越，並使其成幫助自己向上的「階」，我們心中也許就是需要這種不畏懼挑戰和勇往直前的雄渾吧！

附錄

二〇二〇年童話紀事

謝鴻文 整理

一月

・八日

林鍾隆兒童文學推廣工作室公布「二〇二〇年台灣兒童文學佳作」十本入選名單：《我的獵人爺爺：達駭黑熊》（文／乜寇・索克魯曼、圖／儲嘉慧，四也文化）、《陪媽媽兜風》（文／工作傷害受害人協會、圖／陳瑞秋，小兵出版）、《HOME》（文、圖／林廉恩，巴巴文化）、《玫瑰崗的秘密》（文／林滿秋，小魯文化）、《小孩遇見詩：想和你一起曬太陽》（文／吳志寧、吳俞萱、林夢媧、林蔚昀、夏夏、馬尼尼為、曹疏影、郭彥麟、游書珣、潘家欣、謎、蔡文騫、蔡宛璇，圖／三木森，木馬文化）、《虎姑婆》（文／王家珍、圖／王家珠，字畝文化）、《崑崙傳說：神獸樂園》（文／黃秋芳，字畝文化）、《鄭和下西洋的祕密》（文、圖／李如青，四也文化）、《跆拳少女》（文／張英珉，九歌出版社）、《最後一個人》（文／王淑芬，巴巴文化）。

·十六日

中華民國兒童文學學會舉行第十二屆會員大會，以及第十三屆理監事改選、台灣兒童文學傑出論文獎頒獎典禮。新任理監事當選名單如下：理事長許建崑；常務理事：李明足、林瑋、陳玉金、劉宗銘；理事：王金選、邢小萍、柯作青、彭素華、游珮芸、黃雅淳、樓桂花、鄭淑華、林世仁、曹益欣；常務監事：夏婉雲；監事：洪瓊音、劉靜薇、涂乙欽、蔡淑媖。

·二十九日

小魯文化與真劇場攜手舉辦「小魯歡樂故事節」，有新書發表會、說故事演出等活動，與大小讀者同歡。

·三十日

台北市立圖書館、新北市立圖書館、國語日報社主辦，幼獅少年、中華民國兒童文學學會協辦之第七十九梯次「好書大家讀」優良少年兒童讀物評選活動結果揭曉，共計選出單冊圖書一四六冊，套書四套十八冊。散文、小說以外的「文學讀物B組」入選故事書目有：趙映雪《吉比與平平》、管家琪《骨頭博士找骨頭》、胡妙芬《暴龍時光機》、秦文君《我的石頭心爸爸》、亞平《狐狸澡堂3：最棒的禮物》、陳志和《樹夢奇緣》、王文華《永遠的雕像》、鄭宗弦《穿越故宮大冒險5：谿山行旅圖冰獸任務》、岑澎維《安心國小1：我們是同一掛的》、張英珉《跆拳少女》。

其餘月份紀事請到以下連結觀看

九歌一一〇年童話選之未來會記得

Collected Fairy Stories 2021

國家圖書館出版品預行編目（CIP）資料

九歌一一〇年童話選之未來會記得 / 黃秋芳主編 ; 李月玲 , 吳嘉鴻 , 許育榮 , 劉彤渲圖 . -- 初版 . -- 臺北市 : 九歌出版社有限公司 , 2022.03
面 ;　公分 . -- (九歌童話選 ; 23)
ISBN 978-986-450-413-8(平裝)
863.596　　111000997

主　　編——黃秋芳
插　　畫——李月玲、吳嘉鴻、許育榮、劉彤渲
執行編輯——鍾欣純
創 辦 人——蔡文甫
發 行 人——蔡澤玉
出　　版——九歌出版社有限公司
台北市 105 八德路 3 段 12 巷 57 弄 40 號
電話／02-25776564・傳真／02-25789205
郵政劃撥／0112295-1

九歌文學網　www.chiuko.com.tw

印　　刷——晨捷印製股份有限公司
法律顧問——龍躍天律師 ・ 蕭雄淋律師 ・ 董安丹律師
初　　版——2022 年 3 月
定　　價——300 元
書　　號——0172023
I S B N——978-986-450-413-8
9789864504206（PDF）

本書榮獲 台北市文化局 Department of Cultural Affairs Taipei City Government 贊助出版